# 결국 로맨스 빠빠를 못 봤다

안종수 소설집

# 차례

## 로맨스 빠빠

나에게 '로맨스 빠빠'는 보지 못한 영화만으로 끝나지 않았다. '로맨스 빠빠'는 과장된 가쁜 숨소리로 길게 끌던 '로맨스으 빠아빠'라는 리듬과 '잘 있거라 부산 항구야'라는 유행가가 뒤섞인 확성기의 추억으로만 끝나지 않았다.

설날 저녁 반주로 마신 술에 온몸이 나른해지고 잠이 밀려왔다. 그래도 까뭇까뭇 밀려오는 잠을 떨치려 안간힘을 쓰며 거실에 앉아 있다. 모 방송국에서 방영하는 설날 특선영화를 봐야 하기 때문이었다. 우연히 설날 특집 프로그램을 보고 놀랍기도 하고 감개무량해서 졸음에 겨운 눈을 게슴츠레하게 치뜨고 있다.

"아빠, 오늘 같은 밤에 저런 구닥다리 시시한 영화를 보고 있어. 얼마나 재미있는 프로가 많은데."

아이들은 이해할 수 없다는 듯 투덜대며 온종일 부엌일로 시달린 아내와 함께 방으로 들어가 버렸다. 간절하게 보고 싶었으나 끝내 보지 못했고, 이제는 다시 볼 수 없으리라고 포기했던 영화였다. 나는 자못 흥분해서 자리를 고쳐 앉았다.

줄거리를 뻔히 알고 있는 흑백영화는 예상했던 것보다 더 밋밋하고, 단순하고, 유치했다. 그렇다고 텔레비전을 끄고 자리에 누울 수도 없었다. 우연히 첫사랑을 만났으나 이제는 옛날의 애틋함은 사라지고 없다. 예전 모습이라곤 찾아볼 수 없는 여인을 마주하고 딱히 할 말도 없고, 분위기는 서먹하기만 하다. 만난 것을 은근히 후회하면서도 과감하게 자리를 뜨지 못하고 미적거리는 꼴과 비슷한 상황이 되고 말았다. 다행히 나 혼자만 보고 있기에 맘 놓고 하품하며 꾸벅거릴 수 있었다. 자다 깨기를 반복하면서 그때의 추억 속을 깜박깜박 오가고 있었다.

정안골은 차령산맥 줄기에서 충청도 내륙 동쪽으로 뻗어 내려온 무성산 골짜기 중 하나다. 골짜기를 따라 내려오면서 크고 작은 몇 개의 마을이 모여 있었다. 늦은메기, 상정안, 중정안, 노적골, 됨박골, 바탕골 같은 올망졸망한 마을들을 통틀어서 정안골이라고 불렀다. 내가 살던 화봉리는 골짜기가 끝나는 정안골의 끝자락에 있어 하정안으로 불리기도 했다. 마을 앞으로는 신작로가 나 있었다. 남쪽으로 십여 킬로미터 가면 군 소재지인 공주읍이고, 북쪽으로 가면 차령고개를 넘어 천안을 지나 서울로 가는 길이었다. 화봉리는 정안골 사람들이 대처로 나가는 관문인 셈이었다.

장날이 되면 장을 보기 위해 정안골 사람들이 줄줄이 마을 앞을 지나갔다. 꼭 장 볼 일이 없어도 나들이 겸 골짜기를 나서는 사람들이 많았다. 흰 두루마기에 갓을 쓴 노인부터 어머니를 따라나선 꼬맹이까지 낯선 사람들을 볼 수 있었다. 이런 날을 빼면 마을은 늘 고요했다. 너무 조용하고 한적해서 몸이 꼬일 만큼 심심할 때는 어디서 대포라도 한 방 터졌으면 좋겠다는 생각이 들 정도였다. 이런 때 어디선가 들려오는 풍장소리와 확성기 소리만큼 설레는 소리는 없었다. 특히 가끔 들어오는 가설극장 확성기 소리는 펄쩍 뛰어오를 만큼 신나는 소리였다.

정안골 마을 중 그래도 좀 트였다는 화봉리에도 라디오가 딱 두 대뿐이던 시절이었다. 정안골 아이 중 읍에 있는 극장 건물을 본 아이는 있을지 몰라도 극장에서 영화를 본 아이는 없었다. 그때만 해도 극장 구경은 호사에 속했다. 감히 쌀 서너 됫박 값을 내고 영화를 볼 수 있는 아이들은 없었다. 기껏 일 년에 두세 번씩 들어오는 가설극장에서 싸구려 영화를 보는 것으로 만족해야 했다.

정안골에서 화봉리는 인근 마을 사람들이 모이기 좋은 곳에 자리 잡고 있었다. 또 마을을 가로지르는 정안천과 널찍한 모래밭이 있어서 가설극장 자리로는 더없이 좋았다. 가설극장은 옛날 서커스단을 상상하면 된다. 영화를 상영하기 전에 고물 트럭이 인근 마을을 돌며 홍보를 하는데, 트럭에는 조잡하게 그린 대형 영화 간판이 걸려 있었다.

"문화와 예술을 사랑하시는 정안면민 여러분, 오늘도

국가 발전에 그 얼마나 노고가 많으십니까? 국가 문화 창
달에 불철주야 노력하고 있는 저희 금홍 문화 프로덕션
에서는 돌아오는 18일 저녁에 여러분들의 노고에 조금
이라도 보답해 드리고자 명화 중의 명화 '로맨스으 빠아
빠'를 상영하게 되었습니다. 저녁 식사를 마치신 후 사랑
하는 자녀들의 손을 잡고 정안천 백사장으로 나오셔서
아시아 최고의 감독, 신상옥 감독이 메가폰을 잡고, 아시
아 최고의 배우 김승호와 기라성 같은 배우 김진규 최은
희 주증녀 신영균 허장강 남궁원 도금봉 엄앵란 신성일
등이 총출연한 이 시대 최고의 명화 로맨스으 빠아빠, 로
맨스으 빠아빠를 감상하시기 바랍니다. 두 번 다시 볼 수
없는 불멸의 명화 로맨스으 빠아빠, 로맨스으 빠아빠."

두 번 세 번 반복해서 선전하고 나면 당시 유행하던
유행가가 꽝꽝 울려 퍼졌다. 한가하고 단조롭기만 하던
마을에 느닷없이 들려오는 확성기 소리는 마을을 흥분
과 기대로 뒤집어 놓았다. '로맨스'를 길게 끌어 올리다 두
음 정도 더 높여 빠아빠를 강조하던 그 리듬과 발음을 지
금도 똑같이 흉내 낼 자신이 있다. 그만큼 '로맨스 빠빠'라
는 영화 제목은 나의 유년 시절 한때를 추억하는 상징으
로 각인되어 있었다. 영화 포스터로 도배를 한 트럭은 하

루에 두세 번씩 마을 앞 신작로를 지나갔다. 확성기를 통해 들려오는 '로맨스으 빠아빠'라는 영화 제목은 아무리 들어도 싫지 않았다. 나는 선전 문구를 거의 외워 버렸다. 특히 비음을 약간 섞어 숨찬 듯이 길게 끌다가 과장되게 강조하여 꺾는 '로맨스으 빠아빠'를 노래하듯 흥얼대며 다녔다.

영화 선전과 유행가 소리가 들리면 어디선가 떠들썩한 축제가 벌어지고 있는데, 나만 못 가고 혼자 남겨진 것 같은 조바심으로 가슴이 떨렸다. 너무 고요해서 권태가 흐르는 한낮 갑자기 어디선가 들려오는 확성기 소리는 어린 마음을 흔들어 놓았다. 그냥 다 함께 들을 수 있는 확대된 소리만으로도 충분했다. 성능이 나쁜 확성기에서 나는 소름 끼치게 하는 삐익 소리도 내게는 축제를 알리는 나팔 소리처럼 들렸다.

학교 앞 구멍가게 흙먼지 가득한 유리창이나 마을 창고 흙벽에는 낡은 영화 포스터가 붙여졌다. 우리 마을 게시판인 창고 흙벽에는 오래된 선거 벽보나 간첩 신고 표어가 색이 바래고 너덜너덜해질 때까지 붙어 있었다. 그런 흙벽에 새로 붙여진 영화 포스터 앞에서 아이들은 넋이 빠져 서 있었다. 상영 날짜가 하루하루 다가오면 안절

부절못하고 흥분하여 이번 영화는 목숨을 걸고 꼭 봐야 한다는 사명감으로 불타올랐다.

상영 날짜가 사흘 앞으로 다가왔다. 진작부터 어머니를 졸라대고 애원하고 협박까지 해 가며 빌었지만, 가설극장에 갈 수 있다는 희망은 보이지 않았다. 전에도 몇 번이나 가설극장이 섰지만, 우리 식구 중 아무도 정식으로 입장해서 관람한 적이 없었다.

"아버지, 우리 영화 구경 가면 안 돼유?"

나는 비장한 각오로 저녁 식사에 열중이신 아버지에게 말했다. 감히 고양이 목에 방울 달기였지만 목이 말라 샘을 파야 할 자는 나밖에 없었다. 그만큼 절박했다. 이번 영화는 무슨 수를 써서라도 봐야 했다. 아버지는 뜨거운 된장국을 삼키기 위해 혀를 이리저리 굴리다가 뜨악한 눈길로 나를 째려보았다.

"뭐라고? 다시 한 번 말해 봐."

이때 다시 한 번 말해 보라는 뜻은 못 들었다는 게 아니었다. 이 상황에서는 또다시 말해서는 안 되는 것이었다. 그러나 나는 다시 말했다. 그러기 위해서는 엄청난 용기와 기백이 필요했다.

"저, 로맨스 빠빠라고."

"그래서?"

이제는 분명히 응답할 상황이 아니었다. 어떤 응답을 해도 불호령이 떨어질 게 뻔하기 때문이었다. 고개만 처박고 있는 나에게 아버지의 불호령이 떨어졌다.

"영화? 야! 그게 밥이 나오냐 돈이 나오냐? 하라는 공부는 안 하고 쓸데없는 일에 넋이 빠져 정신을 못 차려 엉!"

아버지는 며칠 전부터 내가 가설극장에 넋이 빠져 있는 것을 알아차리고 있었다.

"아시아 남우주연상을 받은 영환디, 로맨스 빠빠⋯⋯."

내가 꿈얼대듯 우물거리자 아버지는 기도 안 찬다는 듯 실소하며 일갈했다.

"뭐? 아시아 무슨 상? 로, 무슨 빠아빠? 그게 무슨 보리밥 쉬어 터지는 소리여!"

매일 뙤약볕에서 농사일에 정신없는 농투성이 아버지에게 아시아 남우주연상, 로맨스 빠빠라는 생소하고 낯간지러운 어휘 자체가 웃기는 일이었을 것이다.

"남이 장에 간다니께 거름 지고 따라나서는 이 흐쩔한 눔. 정신 차려 이눔아! 맥읎이 남 따라 우왕좌왕하지 말고 하라는 공부나 열심히 햐."

눈앞이 캄캄했다. 아버지에게 영화는 모를 내기 위해 써레질한 논바닥에 가설극장을 세우는 것만큼이나 어울리지 않았다. 절망스러웠다. 어디다 목숨을 걸어야 한단 말인가. 아버지의 말에서 풍기는 분위기는 우리 가족 누구도 절대 관람 불가였다.

아버지는 말없이 식사를 끝내며 생각난 듯 물었다.

"거, 빠빠라는 게 뭔 소리여?"

"요즘 애들 말루 아버지를 빠빠라구 하잖여."

어머니의 응답에 아버지는 숭늉으로 입가심을 하며 가소롭다는 듯 중얼거렸다.

"아직 젖도 안 떨어진 놈들 아녀. 즈이 애비한티 빠빠가 뭐여 빠빠가, 낯간지럽게."

영화 상영일은 이틀 앞으로 다가왔다. 선전 확성기 소리는 더 자주 들렸다.

"문화와 예술을 사랑하는 정안면민 여러분 안녕하십니까. 18일 밤 여덟 시, 정안천 가설극장에서 아시아 영화제 남우주연상에 빛나는 김승호 주연의 로맨스으 빠아빠, 로맨스으 빠아빠, 이 시대 명배우들이 총출연하는 명화 중의 명화 로맨스으 빠아빠, 로맨스으 빠아빠."

나는 가슴이 뛰다 못해 덜컹거렸다. 학교가 파하면 책가방을 팽개치고 모래밭으로 달려갔다. 마을 아이들이 다 모인 것 같았다. 아이들은 너나없이 괜히 들떠서 가로 뛰고 세로 뛰었다. 요 며칠 새 모래밭은 아이들이 몰려들어 영화가 상영될 축제의 밤을 고대하며 흥분해 있었다.

가설극장이 서면 인근 마을의 처녀 총각이 모여들었다. 꼭 영화를 보러 온다고만은 할 수 없었다. 가설극장이 서면 얌전하게 집안일만 하던 처녀들도 수줍음으로 가장한 교태를 흘리며 모여들게 마련이었다. 처녀가 뜨면 총각이 따르고, 서로 눈을 맞추고 소문으로만 듣던 얼굴을 알아보고, 들떠서 시시덕거리고, 킬킬대는 농염한 분위기가 가득했다. 정안골에서 주먹깨나 쓰며 건달 행세를 하는 형들은 무리를 지어 어슬렁거리다 이웃 마을에서 온 젊은이들에게 시비를 걸어 싸움을 벌이곤 했다. 지난여름 가설극장이 섰을 때 싸움이 붙어 누군가, 이빨이 부러져 시끄러웠던 적이 있었다. 알음알음 아는 사이면서도 유독 이런 가설극장이 서거나, 학교 운동회 날, 광복절 마을 대항 체육대회, 정월 보름 쥐불놀이 때면 수탉들 싸우듯 푸덕거렸다. 인근 마을들의 건달과 건달의 힘겨루기 내지는 기세 싸움이었다. 어찌 보면 축제의 연장선에 있는 일종의 행사와 같은 성격을 띠고 있었다.

건달이라야 별거 아니었다. 지금과 같은 조폭도 아니고 도시 변두리에 있는 양아치들도 아니었다. 그냥 농사짓는 순박한 청년들이었다. 힘과 객기가 넘치고 이제 막 사춘기를 지나 청년기에 접어드는 떠꺼머리 총각들이었다. 지금처럼 초등학교 졸업하면 누구나 다 중고등학교에 진학하던 시절이 아니었다. 초등학교를 졸업하고 중학교에 진학하는 사람은 소수였다. 대부분 초등학교 졸업과 동시에 농사를 짓거나 집을 떠나 대처로 나갔다. 그들은 자신도 모르는 사이에 성인 사회에 편입되었다. 특히 시골에서 농사짓는 이들이 그랬다. 아버지가 마련해 준 지게를 물려받은 그날부터 담배와 술이 허락되고 어른들과 함께 어울려 일하면서 어른 품삯을 받게 되었다. 중학교에 들어간 이들이 여전히 젖비린내를 풍겼다면 그들은 어엿한 성인으로 담배는 물론 술집까지 드나들어도 별문제가 없었다.

그런 이들 중 유독 극성스럽고 거친 동갑내기 삼총사가 있었다. 지금 나이로 치면 스물 전후였을 것이다. 삼총사는 낮 동안 아버지나 형들에게 지청구를 들으며 농사짓는 처지였으나, 밤이면 넘치는 힘을 주체하지 못해 유행가를 부르며 몰려다녔다. 이웃 마을 처녀들을 찾아 나서기도 하고 이 마을 저 마을에서 힘깨나 쓰는 젊은 패거리들을 불러내어 손을 봐 주기도 했다. 덕분에 화봉리 삼총사는 정안골은 말할 것도 없고 차령고개부터 금강에 이르는 신작로 길가 마을들을 평정하고 건달로 방귀깨나 뀌었다.

그러거나 말거나 정안골 건달 삼총사는 우리에게는 그냥 다정한 형들이었다. 가끔 형들과 같이 정안천에서 멱도 감고 형들이 서리해 온 수박과 참외를 얻어먹기도 했다. 그런데도 밤만 되면 형들은 곁을 주지 않았다. 형들이 노는 곳을 얼씬거리면 맹수처럼 으르렁대며 어서 꺼지라고 눈을 부라렸다. 딴엔 너희는 우리 본받지 말고 공부나 열심히 하라는 거친 배려였다.

그들은 가설극장이 서면 정안골 건달로서 권리를 수행하고 다녔다. 가설극장 무료 관람은 물론이려니와 거나한 술대접도 요구했다. 그 과정에서 싸움이 벌어지기도 했다. 가설극장 쪽도 이런 사태에 대비해 주먹깨나 쓰는 건달들을 기도로 세워 둔 것이었다. 그들은 돈이 없어 빠방(천막 밑으로 몰래 기어들어 가는 행위를 일컫는 우리만의 은어)을 트는 아이들을 적발해 뺨을 치거나, 무료 입장을 시도하며 시비를 거는 술주정꾼끼 며 욜 긴딜을 상대했다. 하지만 가설극장 쪽도 텃세하는 젊은 건달들과 시비가 붙으면 좋을 게 없기에 아예 건달들과 마을 유지 몇몇에게는 초대권을 나눠 주기도 했다.

그러나 이번만은 화봉리 건달 삼총사도 별 볼 일 없을 거라는 것이 오쟁이 아저씨의 주장이었다. 오쟁이라는 별명은 머리가 꽹과리처럼 둥근 씨오쟁이를 빗대어 붙여진 이름이었다. 오쟁이 아저씨는 항상 마을의 누구도 모르는 소문을 전해 주었다. 내가 오쟁이 아저씨에게 들었다는 소문을 전할 때마다 아버지는 오쟁이 아저씨가 전해 주는 소문은 반은 뻥이고 그나마도 괜히 마을에 분란만 일으킨다고 혀를 차곤 했다. 하여튼 오쟁이 아저씨가 전해 준 말에 의하면 이번 가설극장 우두머리는 깜상이라고 했다. 깜상은 당수 5단의 깡패로 공주는 물론 차령 이남 인근을 통틀어 당할 자가 없는 주먹이라는 것이었다. 깜상이 끌고 다니는 가설극장은 시골 건달들이 집적대기는커녕 오히려 먼저 인사를 하고, 극장 가설하는 작업을 자진해서 도와주며 아부를 할 정도라고 했다. 그 때문에 이번 '로맨스 빠빠' 상영에는 무료 입장은 말할 것도 없고, 빠방 틀다 걸리면 호되게 당할 것이라고 눈알을 굴리며 우리를 겁주었다.

"이번에는 만만치 않을 꺼. 조용히 찌그러져 있는 게 좋을 꺼."

여름이면 마을 남자들이 모여드는 둥구나무 아래서 오쟁이 아저씨가 건달 삼총사가 들으라는 듯이 한 말이 었다. 건달 삼총사는 예전부터 까닭 없이 자기들을 긁어대는 오쟁이 아저씨를 험악한 눈길로 째려보았다.

"씨부랄, 누구 맘대로."

건달 삼총사는 침을 찍찍 내갈기고 어깨에 잔뜩 힘을 주고 자리를 떴다.

"저런, 저 싸가지 읎는 눔들! 저런 눔들은 잡아다 그냥 주리를 틀어야 되는디."

그러나 우리는 그런 소문이나 험악한 분위기에 신경 쓸 겨를이 없었다. 누구나 어떻게 하면 이 명화 중의 명화인 '로맨스 빠빠'를 볼 수 있느냐에 온 정신이 팔려 있었다.

드디어 영화 상영일이 내일로 다가왔다. 나는 거의 환장할 지경이었다. 아직도 영화를 볼 수 있는 대책이 없었다. 돈도 없고, 부모님 설득 작전도 실패했고, 빠방 틀 자신도 없었다. 안절부절못하고 학교 공부는 건성이었다.

온 신경은 가설극장 쪽에만 쏠려 있었다. 그때 또 한 차례 영화 선전 트럭이 학교 앞 신작로를 지나갔다.

"기대하시고 고대하시던 영화, 로맨스으 빠아빠, 로맨스으 빠아빠, 내일 저녁 여덟 시, 저녁 식사를 끝내시고 사랑하는 자녀들과 손에 손을 잡고 부디 왕림하시어 즐거운 시간 보내 주시기 바랍니다."

나는 진저리 칠 정도로 흥분해서 가슴이 벌떡거렸다. 학교가 파하자마자 백사장으로 달려갔다. 백사장은 아이들로 바글바글했다. 아이들의 소란은 절정에 이르고 있었다. 그토록 기다리던 가설극장의 실체가 여기저기 쌓여 있었기에 더 그랬다. 천막 더미와 기다란 말뚝과 장대, 발전기와 각종 물품 상자가 흩어져 있었다.

"이 새끼들 저리 못 가! 내일 저녁에 오란 말이야. 걸리적대지 말고 썩 꺼지지 못해!"

목이 굵고 인상이 험한 남자가 눈을 부라리며 호통을 쳤다. 저 사람이 깜상인가 싶어 다시 보았으나 소문에 들은 깜상은 아닌 것 같았다. 우리가 주워들은 깜냥으로도 깜상은 새카맣고 사나운 시라소니 같은 느낌이어야 했다. 그곳에 있는 대여섯 명의 남자 중에 그런 사람은 보이지 않았다. 깜상은 아마 내일이나 돼야 나타날 것이라고 짐작을 했다.

이윽고 긴 장대가 세워지고 천막이 둘러쳐졌다. 하얀 광목천으로 만든 영사막이 세워졌다. 천막이 둘러쳐지는 모습을 지켜보면서 내일 저 안으로 들어갈 수 있을까 하는 걱정으로 가슴이 두근거렸다. 가설극장이 완성되어 가는 모습을 넋을 잃고 보느라, 해가 넘어가는 줄도 몰랐다. 아이들이 가 버린 뒤에도 혼자서 어둠이 내릴 때까지 그대로 서 있었다. 어둠 속에 서 있는 가설극장은 이제 천막이 아니라 함부로 들어갈 수 없는 마법의 성이었다. 모래밭에 급조된 성을 꿈꾸듯이 바라보던 나는 한숨을 쉬고 어둠을 끌며 집으로 돌아왔다. 집에서는 벌써 마당에 밀짚 멍석을 깔고 저녁 식사가 시작되고 있었다.

"아니! 지금 해 들어간 지 언젠디 어디 갔다가 이제 오는 겨!"

어머니의 핀잔에 이어 아버지의 불호령이 떨어졌다.

"너 정신이 있는 겨 없는 겨, 엉! 정신 나갔구먼! 그래 갖구는 나중에 밥도 못 빌어먹어 이놈으 자식아. 왜 헬레거리구 다니는 겨?"

마주 보는 아버지의 눈길이 무서워 반찬도 제대로 집어 먹지 못하고 맨밥만 꾸역꾸역 밀어 넣는데 아버지의 호통에 가까운 설교는 끝이 없었다.

"지금이 어느 세상인디 영화 구경여! 죽어라구 열심히 일해서 한 푼이라도 애껴야 하는디. 꼭 흐찔한 놈들이 괜히 들떠서 몰려다니면서 시시덕대구 앉아서 헛짓거리들 하구 있는 겨. 상규 형 봐라. 어디 흐찔한 놈들처럼 영화 구경임네, 하고 몰려다니능가. 사람 따라 다른 겨. 너는 상규 형 본은 안 보고 정신 나간 놈처럼 헬레거리는 겨. 다들 봐라. 된 집 으른들이나 츠녀들이 해 떨어지구 그런 가설극장인가 뭔가 하는 데 가는 거 봤어? 하루 먹을 양석 걱정하는 것들이 예팬네 새끼들 할 것 없이 무슨 좋은 일 있다고 줄줄이 나서는 꼴들이라니. 그러니께 양석 걱정이나 하고 사는 겨. 너도 정신 차려 이눔아."

"양석 걱정하구 살던 말던 영화 구경은 꼭 하는 구 서방댁은 참 재주는 재주여. 그런 돈이 어디서 났댜?"

"뻔하지 뭘 그려. 남자가 뼈 빠지게 일해서 받은 고지쌀 팔아서 가는 거겠지. 남자만 불쌍허지. 예팬네 잘못 을으면 남자만 뼛골 빠지는 겨."

아버지가 말하는 상규 형은 우리 집과 한 마당을 쓰는 옆집 고모의 큰아들이었다. 요즘 한창 말썽을 피우는 건달 형들과 같은 또래인 상규 형은 그야말로 군계일학

이랄 수 있는 우리 마을 수재였다. 초등학교 때부터 고등학교까지 일등을 놓치지 않았다. 아버지는 노상 상규 형본을 보라고 귀에 딱지가 앉을 정도로 말했다.

흐찔한 놈들이란 바로 건달로 불리는 형들을 위시해서 아버지가 볼 때 별 볼 일 없는 인간들을 총칭한 아버지만의 독특한 표현이었다. 장날이면 별 볼 일 없이 곡식되나 이고 지고 장거리에 나서는 상정안, 중정안 사람들의 모습을 보고도 흐찔한 것들이라고 했다.

"꼭 장 볼 일이 있으면 어쩔 수 없지. 그런디 별 볼 일도 읎는디 남이 장에 간다니께 콩이네 팥이네 싸 들구 나서서 장 구경하고 다니면서 낮술이나 마시고 헬레거리는 흐찔한 놈들 많다니께."

땅 한 뙈기 없어 하루 세끼 양식도 충분하지 못해 남의 집일을 해 주며 살아가는 아랫집 구 서방 댁은 약간 푼수 끼가 있는 아주머니였다. 가설극장이 들어오면 어린애처럼 좋아하며 어김없이 온 식구를 끌고 가 구경을 했다. 한 푼이라도 아끼려고 근검 생활을 실천하는 아버지에게 구 서방네 부부는 흐찔한 사람들이었다. 아버지는 확실하거나 화끈하지 않고 그저 미지근하고 희미한 사람들을 흐찔하다고 표현했다. 줏대 없이 이리저리 흔들

리며 끌려다니는 흐찔한 사람들의 행태를 헬레기린다고
했다. 가설극장 때문에 정신이 나간 내가 바로 헬레거리
는 인간의 표본인 셈이었다.

아버지와 어머니는 한 푼도 헛되게 쓰지 않았다. 헛되
게 쓰지 않는 본보기가 바로 이런 가설극장 관람으로 들
어가는 돈을 아끼는 거였다. 물론 가게에서 파는 사탕이
나 과자도 포함되었다. 별 영양가가 없다는 이유였다. 군
것질이나 가설극장 관람은 실속 없는, 한마디로 돈도 쌀
도 나오지 않는 흐찔한 행위였다.

내 기억으로 아버지와 어머니는 가설극장 근처에도
가지 않았다. 내가 보기에도 아버지와 어머니가 그런 자
리에 앉아 있는 모습이 상상이 되지 않았다. 기껏 상상해
서 아버지와 어머니가 가설극장에 앉아 있는 모습을 그
려 보지만 아무래도 신작로에 모를 심는 것만큼이나 어
울리지 않아 보였다. 가설극장 관람을 반대하는 아버지
의 속은 내 생각만큼 단순하지 않았다. 아버지에게 자식
들의 가설극장 관람은 돈 문제가 아니었다.

"돈 몇 푼이 문제가 아녀. 애들이 으른들 보는 영화 봐
야 좋을 거 하나도 읎어. 그라구, 영화 구경 핑계 대구 쌈
질 연애질하는 짓거리 보고 배울 게 뭐 있어. 차라리 그

시간에 푹 잠이나 자는 게 남는 겨."

어머니의 속은 또 달랐다.

"한번 생각을 해 봐라이. 츠녀 총각들 모여서 시시덕
대고, 아녀자들이 와글거리는 디를 아버지가 어티키 가
서 앉아 있겠냐? 아마 돈을 싸 갖고 와서 봐 달래도 안 가
실 겨."

엄니가 아버지를 설득해 우리 식구도 한번 보자고 조
르자 어머니가 한 말이었다.

가설극장이 서는 날 저녁에는 아예 바깥출입이 금지
되었다. 그러나 나는 매번 아버지의 꾸지람과 매질을 각
오하고 집을 빠져나왔다. 돈이 없어도 그곳엘 가야만 했
다. 삼십 촉 백열등이 켜진 가설극장 문 앞을 끈질기게 서
성였다. 나는 가설극장 밖에서 안에 들어간 아이들을 부
러워하며 부모님을 원망했다. 눈부신 백열등에 미친 듯
이 모여들어 파닥거리는 불나방처럼 마음이 어지러웠다.
어디 허술한 데가 없나 둘러보고 빠방이라도 틀고 싶었
지만 어림도 없었다. 광목천을 둘러친 극장 주위를 돌며
감시하는 건장한 청년들은 우리 마을 형들과는 달리 인
상이 험악했다.

가설극장의 스크린은 흰 광목이었다. 럭비 경기장 골

대처럼 두 개의 긴 장대에 현수막을 건 무양으로 높게 세워진 스크린은 바람이 불면 펄럭였다. 스크린이 가설극장 휘장보다 높아 가설극장 밖 스크린 뒤쪽에서도 영화를 감상할 수 있었다. 가설극장 측에서는 관객을 하나라도 더 확보하려는 심산으로 어느 때부터인가 스크린의 높이를 낮추고 스크린 뒤에 이중 휘장을 쳐서 뒤에서 보는 것을 차단했다. 참 야박했다.

나는 그래도 그곳을 떠나지 않고 혹시나 불쌍해서 그냥 넣어 주지 않을까 하는 바람으로 서성이다가, 영화 끝 무렵에 휘장을 걷으면 극장 안에 들어가 잠깐 관람했다. 요즘 야구장에서 7,8회쯤 되면 문을 개방하는 것과 비슷했다. 외로움과 갈망으로 애태우다 잠시나마 극장 안에 편입되었다는 성취와 절정에서 결말로 접어드는 장면을 보게 된 흥분으로 들뜨기도 했다. 그런 날이면 멋지고 통쾌한 영화의 절정에서 결말로 치닫던 장면 하나하나를 되새기느라 쉽사리 잠을 잘 수 없었다. 대신 이튿날 아침 식사는 눈물과 공포의 시간이 되었다.

"이 정신 나간 놈아! 애비 말이 말 같지 않은 겨? 어여 말해 봐! 그렇게 일렀는디 왜 너만 밤이슬 맞으면서 늦은 밤까정 허튼 짓거리여. 공부를 그렇게 해 봐, 공부를! 상규 형 봐라. 그런 디서 얼쩡거리는 거 봤어. 다 흐찔한 놈덜, 너처럼 정신 나간 놈덜이나 그러는 겨 이눔아!"

아버지는 내 볼을 움켜쥐고 사정없이 흔들었다.

"밥이 넘어가냐? 뭘 했다고 밥을 먹어!"

밥이 넘어가겠는가? 씹지 못하고 삭아서 죽이 된 밥을 껄떡껄떡 넘기며 빨리 자리에서 벗어나고 싶을 뿐이었다.

"아니, 왜 꼭 밥 먹을 때만 애들을 야단치고 그랴. 밥을 멕이고 야단을 쳐도 쳐야지. 그리구 너두 그려. 돈이 없으면 집에서 공부를 하든지 잠이나 자지 비렁뱅이처럼 남들 안에서 구경하는디 밖에서 그게 무슨 청승여, 밸도 없어, 사내새끼가."

드디어 참았던 눈물이 비 오듯 쏟아졌다. 줄줄 흐르는 눈물이 볼을 적시고 밥을 적셨다. 그렇게 서글플 수가 없었다. 그렇다. 우리보다 못 사는 애들도 부모 손잡고 가설극장에 자리 깔고 앉아 처음부터 끝까지 영화를 보았다. 나는 부모를 잘못 만나, 극장 밖에서 휘황한 백열등에 모여드는 불나방처럼 애타는 갈망과 외로움에 몸부림쳐야 했다. 혹시나 불쌍하게 보여서 문지기 청년들이 봐주기를 바라며 비굴하게 서성여야 했다. 나는 너무 슬퍼 어깨를 들썩이며 흐느꼈다.

"아, 이노무 자식이 즈이 애비가 죽었나! 빨리 밥이나 먹구 일어나지 못 햐!"

깐에 심통을 부리느라 밥숟가락을 던지고 일어섰다. 어머니는 꼴에 밥숟가락 내던지고 앙탈하는 자식과 아버지를 싸잡아 비난했다.

"밥 먹을 적에만 야단치는 애비나 밥 안 먹는 게 무슨 유세라고 숟가락 놓고 일어서는 자식 놈이나 똑같어."

나는 밥을 먹지 않고 집을 나서는 것으로 복수를 했다. 가설극장 갈 돈을 주지 않는 부모를 속상해하는 것으로 시위를 한 셈이었다.

가설극장이 선 다음 날은 온종일 영화 얘기였다. 영화를 본 아이들은 지난밤에 보았던 영화 장면과 배우들의 폼을 흉내 내면서 기고만장했다. 영화를 보지 못한 아이들은 주눅이 들어 그들의 꼴같잖은 오버액션을 부러운 눈초리로 지켜봐야 했다. 천막이 걷힌 후 끝부분이라도 본 체하느라고 그들 대화에 끼어들면 그들은 대뜸 핀잔을 주었다.

"야, 너 돈 내고 영화 본 겨? 천막 걷고 끄트머리 좀 봤다고 본 건 아니잖아?"

나는 금방 기가 죽어 꼬리를 내려야 했다. 그렇다. 돈을 내고 떳떳하게 극장 안에 들어가거나 아니면 빠방을 틀고 들어가 영화를 보지 않았다면 얼마간은 아이들 틈에서 할 말이 없었다. 그냥 죽은 듯 빌빌거릴 수밖에 없었다.

무슨 일이 있어도 이번 영화는 꼭 봐야 했다. 어린 내가 보아도 보통 영화가 아닌 것 같았다. 전에 없이 영화 상영을 앞두고 일주일 전부터 요란하게 선전을 해대는 것도 그렇고 마을 사람들의 열기와 기대도 심상치 않았다. 심지어 아시아 영화제 남우주연상에 빛나는 김승호 주연의 영화라지 않은가. 명화 중의 명화인 이 영화를 보지 않고서는 얼마 동안 학교에서나 마을에서나 제구실을 못할 것 같았다. 이 시대 최고의 명화를 관람하지 못한 찌질이라는 낙인을 붙이고 다녀야 할 것이었다. 아직껏 한 번도 보지 못한 아시아 영화제 남우주연상에 빛나는 '김승호'의 얼굴을 보아야 했다. 당당히 돈을 내고 보든지, 아니면 빠방을 틀다 맞아 죽더라도 '로맨스 빠빠'는 꼭 봐야 한다는 비장한 각오를 다졌다.

"오늘 하루도 국가 발전에 얼마나 노고가 많으셨습니까? 드디어 그토록 기대하시고 고대하시던 명화 중의 명화 로맨스으 빠아빠, 루맨스으 삐이빠! 오늘 서녁 여덟 시. 저녁 식사를 일찍 마치신 후 사랑하는 자녀들의 손을 잡고 정안천 백사장으로 왕림해 주시기 바랍니다."

뉘엿뉘엿 넘어가는 석양과 함께 가설극장의 숨 가쁜 선전이 시작되고 있었다. 드디어 기다리고 고대하던 영화 '로맨스 빠빠'가 잠시 후 어둠이 내리면 다시 또 상영되는 것이다. 나는 갑자기 들이닥친 홍수 속을 허우적거리듯 중심을 잡지 못하고 허둥댔다. 꼭 타야 할 막차가 오고 있는데 차비가 없어 동동거리는 상황과 비슷했다.

부엌의 찬장에서부터 장롱, 벽에 걸어 둔 옷 주머니란 주머니는 다 뒤져 보았다. 벽에 걸린 사진틀 뒤, 형의 책상 서랍, 심지어는 가마니나 멍석을 쌓아 둔 시렁이나 뒷간도 뒤져 보았다. 그러나 돈이라고 생긴 비슷한 것도 찾을 수 없었다. 생전에 그때만큼 돈이 없다는 절망감에 빠진 적은 없었다. 어머니에게 하소연하는 수밖에 없었다. 첫 단계 애원한다. 다음에는 앙탈, 협박, 마지막으로 안 되면 대성통곡을 하면서 뒹구는 수밖에 없다는 계획을 세우고 어머니를 기다렸다. 땀 냄새와 함께 푸성귀 바구니를 들고 집에 들어선 어머니를 향해 달라붙으려 할 때 어머니 뒤로 꼴지게를 진 아버지가 나타났다. 갑자기 아버지의 지겟작대기가 눈에 들어왔다. 만약 영화에 '영'자만 나와도 아버지의 지겟작대기가 가만있지 않을 것 같은 공포가 밀려들었다. 나는 입도 뻥긋하지 못하고 애가 타서 바싹 마른 입술만 질겅질겅 씹었다.

늦은 저녁 식사를 막 시작하려는데 잠시 멈추었던 확성기에서는 유행가가 흘러나오고 있었다. '아 아하하아 잘 있거라아 부싼 하항구야. 미스 김도 잘 이써어요 미스 리이도 아안녕히'라는 간드러진 노래와 '기임 선생 이이 선생 친구 간에 웬 말이요'라는 노래가 교대로 울려 퍼지고 있었다. 다 외다시피 한 '문화와 예술을 사랑하는'으로 시작하여 '로맨스으 빠아빠'를 반복하며 끝나는 선전이 줄기차게 되풀이되고 있었다. 마무리로 강하게 꺾여 끝맺는 '빠아빠'는 나를 부르는 마법의 나팔처럼 강력하게 메아리쳐 왔다.

밥이 넘어가지 않았다. 제대로 숟가락질하기 힘들 정도로 긴장이 되었다. 낌새를 눈치챈 아버지가 으르렁거리듯 한마디 했다.

"어따가 정신을 팔구 있는 겨. 밥그릇 앞에 놓구! 아주 넋이 나갔구먼, 넋이 나갔어."

아버지는 혀를 차며 나를 째려보더니 형과 나, 동생에

게 다짐해 두었다.

"니들 오늘 저녁밥 먹구 아무 디도 가지 말어. 괜히 가설극장 근처서 얼씬거리다간 다리가 성치 못할 겨."

아버지의 경고는 전에 없이 단호하고 엄숙했다. 특히 아버지는 나를 겨냥해 다시 한번 엄포를 놓았다.

"너 말여, 우리 집에서 내 말 어기구 몰래 빠져나갈 놈은 너 말구 읎어. 이번만은 절대로 용서 못 혀, 알었어!"

아버지는 된장국을 휘휘 저으며 악당 허장강보다 더 무시무시하게 말했다. 이번만은 도저히 안 될 것 같은 절망감이 몰려왔다.

"너도 마찬가지여. 괜히 흐찔한 놈들하구 싸돌아다니지 말고."

부모님에게 돈을 타지 않아도 어쩐 일인지 거의 한 번도 빠지지 않고 은근슬쩍 영화 관람을 해 온 형을 두고 아버지가 한 말이었다. 형은 그때 대학생이었다. 앞서 말했던 건달 형들보다 두서너 살 더 먹은 선배였다. 형은 정안골은 물론 인근 이십 리 안팎에서 두세 명밖에 안 되는 대학생이었다. 아버지가 무식한 농투성이로 살면서도 남들에게 존경받는 이유 중 하나가 바로 아버지의 교육열이었다. 넉넉지 못한 살림에 중고등학교는 물론 대학까지 보냈다는 이력이 아버지의 자랑이었다. 아버지는 큰아들이 대학생이 된 것에 만족해하지 않고 둘째인 나도 대학생으로 만드는 것이 꿈이었다.

형도 대학생이 되기 전에는 아버지에게 자주 혼이 났다. 특히 아버지가 싫어하는 짓거리를 하면 불호령이 떨어졌다. 아버지가 규정한 학생이 해서는 안 될 짓거리 중에서 형이 좋아하는 것이 바둑과 낚시였다. 아버지에게 이 두 가지는 학생 신분으로는 도저히 용납할 수 없는 짓이었다. 바둑이나 낚시야말로 팔자 좋은 양반이나 하릴 없는 노인들이 하는 신선놀음이지 한창 공부에 몰두할 학생이 할 일은 아니라는 것이었다. 형이 마련한 낚싯대는 부러져 회초리가 되고, 바둑판은 도끼로 빠개져 불쏘시개가 되곤 했다. 바둑과 낚시는 아까운 시간을 죽이는 데 최고의 오락이라는 것이 아버지의 지론이었다. 아버지는 공부나 생산적인 일이 아닌 오락이나 육체 활동을 싸잡아 헛거(헛것)로 규정하고 형은 물론 우리에게 헛거에 빠지면 안 된다고 강조했다.

아버지의 지론에 따르면 공부나 생산적인 일이 아닌 것에 돈과 시간을 쓰는 것은 더욱 확실한 헛거였다. 가설극장 관람이 그 대표적 본보기였다. 교과서나 참고서 이

외의 책을 읽거나 운동을 하는 것도 아버지의 눈엔 공부가 아니었다. 그러니 영화 관람은 더더욱 아니었다. 가설 극장 근처에서 얼씬거리는 것 자체가 흐찔한 놈들의 헛거였다. 가문이 괜찮거나 점잖은 집 사람들은 어두운 밤길을 휘젓고 그런 곳에 가지 않는다는 것이었다. 어찌 보면 그것은 맞는 말 같았다. 기와집말에 모여 사는 구장댁 사람들이 그런 곳에 가는 것을 보지 못했기 때문이었다. 나는 흐찔한 놈이 되건 헛거가 되건 상관없었다. 그보다 더 치사하고 더러운 놈이 되어도 괜찮았다. 이 영화만은 꼭 보고야 말겠다는 집념에 휘둘리며 방 안에서 괴로워하고 있었다. 그러나 그날 저녁은 분위기가 삼엄했다. 내가 '로맨스 빠빠'에 환장하면 할수록 아버지의 눈초리는 한층 날카로워져 갔다. 요란하고 집요한 가설극장이라는 하이에나로부터 아들을 지키려는 맹수처럼 위협적인 모습으로 나를 감시했다. 마치 늠름한 갈기를 흩날리며 높은 바위에 앉아 초원을 내려다보는 사자처럼.

그날따라 아버지는 바깥마당 평상 위에 고모부와 마주 앉아 담배를 피우며 두런두런 얘기를 하고 있었다. 나는 오줌 마려운 강아지처럼 안달했다. 안방과 앞마당을 오가며 발을 동동 굴렀다. 영화는 벌써 시작되었을 것이다. 환하게 켜진 백열등 아래 불나방이 파닥거리고 공주 깡패 깜상이 폼 잡고 기도를 보고 있을 것이다. 드럼통 위에 설치된 영사기가 차르륵거리며 돌아가고 영사기 불빛은 먼지와 하루살이를 몰고 스크린에 꽂히고 있을 것이다. 바람에 펄럭이는 스크린은 파문처럼 너울지고 툭툭 끊어지는 필름에 탄식과 야유와 휘파람 소리가 메아리칠 것이다. 그 모든 상황이 너무 그립고 좋았다. 왕년에 무지하게 많은 가설극장을 따라다녔던 사나이가 그때의 추억에 얽힌 여인을 회상이라도 하듯, 그게 그렇게나 그리워서 미칠 것 같았다. 나는 기어이 부엌 뒷문을 열었다. 기다시피 밤에는 무서워서 얼씬도 못 한 뒷간을 지나고 도랑을 건너 가설극장을 향해 정신없이 내달렸다. 아버지의 무서운 얼굴도, 사정없이 내리칠 지겟작대기도 안중에 없었다. 오로지 가설극장 출입구에 매달린 백열등을 향해 날아드는 불나방처럼 그곳을 향해 달려드는 꼴이었다.

영숙이네 넓은 마당을 지나 삼식이네 집을 옆에 끼고 오르막길을 단숨에 올라가면 바로 가설극장이 보일 터였다. 그런데 대낮처럼 환하게 밝아야 할 가설극장이 보이지 않고 시커먼 어둠이 시야를 가리고 있었다. 휘황하게 빛나야 할 불야성이 사라지고 없었다. 다들 어디로 갔단

말인가. 저녁 식사를 마치고 손에 손을 잡고 입상한 다정
스러운 가족들, 여름밤의 농염한 유혹에 반딧불처럼 어
둠을 헤치고 모여든 처녀 총각들이 다 어디에 있단 말인
가. 누구도 보이지 않았다. 텅 빈 어둠뿐이었다.

어둠 속 어디선가 거친 외침과 욕설이 들려왔다. 멀
리 됨박골 쪽으로 몰려가는 사람들의 와자한 소리가 들
리는 것 같기도 했고, 어둠 속에서 두어 명의 사람이 움직
이는 것 같기도 했다. 언뜻 거칠고 흉흉한 기운이 가득했
다. 숨차게 달려와 흘러내린 땀이 싸늘하게 식는 느낌으
로 온몸이 선뜩했다. 무서움을 참고 더듬더듬 개울가로
숨어들었다. 덜컥하고 발에 걸리는 것이 있었다. 놀란 가
슴을 쓸어내리며 내려다보니 흰 광목천이 엉킨 나무 기
둥이었다. 잠시 후 어둠 속의 모습들이 눈에 들어왔다. 여
기저기 엉켜 쓰러진 기둥과 광목천이 으스스한 폐가처럼
흉물스러웠다.

"다 죽일 겨, 씨발놈덜!"

욕설과 함께 손전등 불빛이 번쩍하고 지나갔다. 저쪽
에서 험한 욕설과 함께 인기척이 났다. 나는 덜덜 떨면서
올 때보다 훨씬 다급하게 그곳을 도망쳐 집으로 돌아왔
다. 다행히 형과 내가 같이 쓰는 윗방 쪽문은 열려 있었

다. 가쁜 숨을 추스르며 땀에 흠뻑 젖은 채 자리에 누웠다. 잠이 오지 않았다. 도대체가 이해되지 않았다. 눈부신 백열등으로 빛나야 할 가설극장이 그렇게 무참하게 박살 난 것이 불가사의했다. 어찌 된 일일까. 영화 상영 시작한 지 한 시간도 되지 않았는데 그동안 어떻게 폭풍우에 쓰러진 오두막처럼 처참하게 찌그러졌단 말인가? 도대체무슨 일이 일어났을까. 꼬리에 꼬리를 무는 의문으로 머리가 횅했다.

이튿날 아침에야 사태를 파악할 수 있었다.

"내 그럴 줄 알았지. 어쩐지 질질 끌면서 요란하게 선전만 하더라니."

아침 식사를 하면서 어머니의 보고를 들은 아버지는된장국을 휘휘 저으면서 한마디 했다. 다행히 아버지는내가 잠깐 집을 빠져나간 것을 모르는 것 같았다. 가설극장이 쑥대밭이 되었으니 내가 집에 있건 밖으로 나갔건따질 필요가 없었을 것이다.

"뻔하, 저 근녀 안산 양 서방 큰아들 강태, 뒤뜰 둘째아들 대싱이, 아랫말 상구 말구 또 있남?"

"기와집말 종팔이하고 윗말 경수도 껐다든디."

"종팔이하구 경수는 개들보다 어리구 그냥 따라다니

매 따까리나 하는 애들 아녀?"

"강태, 대성이, 상구는 벌써 도망가구, 종팔이하고 경
수는 지 아버지하구 형들한테 잽혀서 작대기 질을 당한
모양여."

어머니는 이른 아침 우물가에서 마을의 갖가지 정보
를 수집해 오곤 했다. 어머니의 정보에 의하면 가설극장
이 순식간에 난장판이 되었다는 것이다. 영화가 시작된
지 십여 분도 되지 않아 숨 가쁘게 돌아가던 발전기가 꺼
지고 천지가 암흑이 되었는데, 갑자기 여기저기서 고함과
함께 싸움이 일어났고 영사기를 올려놓았던 드럼통이 나
뒹굴었다는 것이었다. 뒤이어 스크린이 쓰러지고 놀란 사
람들이 몰리는 바람에 가설극장 천막이 왕창 찌그러졌
다는 것이었다. 그사이 극장 바깥에서는 몽둥이와 각목
을 든 젊은 패들이 이리저리 몰려다니며 난투극을 벌이
고 놀란 사람들은 우왕좌왕 정신없었다는 것이었다. 잠
시 후 난투극을 벌이던 패들이 도망치고 뒤따르며 질러
대는 소리가 사라진 다음에야 사람들은 대충 소동의 실
마리를 알아차렸다 한다.

나는 혼란스러웠다. 난장판이 되어 찌그러진 가설극
장의 모습 때문만은 아니었다. 어차피 보지 못할 영화였

다. 돈도 없고 빠방 틀 자신도 없었다. 내일 또다시 기고만
장해서 자랑할 아이들 상판을 보지 않아 다행이기도 했
다. 오히려 고소했다. 그런데도 웬지 허전했다. 무언가 쑥
빠져 버린 기분이었다. 열병을 앓고 난 후처럼 헛헛하고
멍했다.

어젯밤 사건으로 마을은 영화 선전 확성기 소음만큼
이나 왕왕댔다. 학교에서도 온통 가설극장 난장판 얘기
로 시끄러웠다. 삼식이가 코를 훌쩍이며 신나게 떠벌렸다.
삼식이는 가설극장만 섰다 하면 나와는 다르게 환장을
했다. 가설극장에서 가장 가까운 곳에 살고 있다는 이유
만으로도 가설극장이 제집인 양 설쳐댔다.

"형들이 몽둥이를 모래밭에 묻어 놨다가 꺼내가꾸 사
그리 때려 부셨댜."

"얌마, 우리 대싱이 형이 먼저 발전기에 모래를 끼얹
어 불을 껐댜."

두목 격인 대성이 형의 동생인 민성이가 자랑스럽게
말했다.

"깜상하구 한판 붙으려고 일부러 한 짓이댜."

"아녀, 초대권을 주지 않아서 그런 거 아녀?"

"야! 너는 우리 동네 화봉 삼총사를 호구로 보는 겨?

그까짓 초대권 때미 가설극장을 떼러 부순 술 아냐, 이 등신아."

민성이가 경멸에 가득 찬 표정으로 대철이에게 핀잔을 주었다.

"그 새끼들이 자릿세를 안 내니께 그런 겨. 형들이 자릿세를 내라니께 깜상패들이 헐 일 없으면 하품이나 하든지 그거나 까라구 했댜. 너 같으면 참겄어?"

"아니, 씨발놈덜, 어따 대구 그걸 까랴, 우리 형들이 누군디."

대철이는 그제야 이해가 간다는 듯이 맞장구쳤다.

"그런디 형들은 어디로 토낀 겨?"

"토끼기는 뭘 토껴, 그냥 잠시 몸을 숨긴 거랴. 아버지가 우리 형을 찾아서 패 죽인다구 난리를 치니께 우리 할아부지가 '내비 둬라. 잠시 몸을 숨기는 것도 나쁘지 안혀.' 그러더라구."

여름날 둥구나무 아래는 우리 마을 옥외 사랑방이었다. 남자들은 저녁 식사가 끝나면 마을에서 가장 큰 둥구나무 아래로 모여들었다. 그해 여름 내내 둥구나무 밑에서 모였다 하면 가설극장 난장판 사건으로 열을 올렸다. 특히 그 사건을 예견했던 오쟁이 아저씨는 의기양양했다.

"거봐, 내 뭐랬어. 터진다고 안 혀. 걔들이 요새 힘이 남아돌잖여. 논일이야 벼 패기만 지달리면 되고, 밭일이래야 별거 없고, 그저 늘어진 불알이나 맨지면서 낮잠이나 자다가 소꼴이나 한 지게 하면 그만 아녀. 그러니 남은 힘 어디다 쓸 겨. 내 그럴 줄 알았다니께."

참다못한 상구 형 아버지 김 서방이 푸르르해서 삿대질을 했다.

"걔들 힘쓰는 데 임자가 보태 준 거 있남. 왜 맥읎이 다 큰 자석 불알 어쩌구 개갈 안 나는 소리 하는 겨. 집 나간 자식 땜에 오장이 터지는구먼. 왜 초를 치구 지랄여."

"지두 걱정이 돼서 그냥 해 본 소리유. 오해 마셔유. 지가 어지간하면 말도 안 해유. 어제 아침나절에 지서 이 순경이 왔다 갔구, 오늘은 공주경찰서에서 조사까지 하고 갔잖유. 일이 커질라는 모양 아니겠슈?"

"커지기는 오라질, 누구 거시긴가, 커지게."

강태 형 아버지 양 서방의 퉁명스러운 목소리에 한순간 폭소가 터졌다.

"아뉴, 기물 파손에다가 상해, 영업 방해 또 뭐라더라, 하여튼 여러 가지로 고소를 했다던듀."

오쟁이 아저씨는 지서 이 순경과의 친분과 자신의 유

식함을 과시하듯 아는 척했다.

"맘대로 하라구 햐. 그깐 노므 새끼들 뒈지든 말든 상관 안 할 테니께."

대성이 형 아버지 조 서방이 시뻘게진 얼굴로 내뱉었다.

"그게 아니쥬. 상관없는 게 아니쥬. 애들이 도망을 쳐서 읎으면 부모가 변상을 해야 될 뀨."

도망친 자식들 때문에 오장이 터진 이들은 똥 씹은 얼굴로 오쟁이 아저씨를 째려보았다.

"오지랖도 넓어. 아주 벤호사 났네그랴, 벤호사 났어."

오쟁이 아저씨는 그래도 끝까지 이죽거렸다.

"콩밥 먹구 양석 팔어 돈 까지는 게 문제가 아닐 뀨. 깜상이 칼을 갈구 찾아댕긴다는디 그게 더 큰 문제쥬."

"니미럴! 남 걱정 오라지게 하네. 그렇게 할 일 없으면 겨들어 가 예팬네 엉덩이나 쳐 줘."

'로맨스 빠빠'는 그렇게 막을 내렸다. 그냥 슬그머니 잊혔다. '로맨스 빠빠'와 함께 건달 삼총사는 마을에서 당분간 볼 수 없었다. 그들의 시대는 끝났다. 대성이 형은 어디에선가 트럭 운전을 하고, 강태 형은 서울 평화시장에서 옷가게 점원을 한다고 했다. 상구 형은 장기 하사가 되어 있었다. 건달 삼총사의 변신은 분명한 사실인 듯했다. 매일 죽을상을 하고 다니던 삼총사의 어머니들은 아들이 출세했다고 자랑하고 다녔다. 다만 동숙이네 집만 난리가 났다. 강태 형이 몸을 숨긴 지 얼마 후에 동숙이 작은 고모가 사라졌다. 나중에 동숙이 고모가 평화시장에서 강태 형과 동거한다는 소문이 퍼졌다. 동숙이 할머니와 양 서방 댁이 한바탕 싸움을 하고 두 집안은 원수가 되었다. 이듬해 봄이 되자 두 집안은 더없이 다정한 사돈이 되었다. 동숙이 고모가 떡두꺼비 같은 아들을 낳았다는 소문이었다. 이렇게 해서 '로맨스 빠빠'는 대단원의 막을 내리는 듯했다. 그러고 싶었다.

그러나 아니었다. 나에게 '로맨스 빠빠'는 보지 못한 영화만으로 끝나지 않았다. '로맨스 빠빠'는 과장된 가쁜 숨소리로 길게 끌던 '로맨스으 빠아빠'라는 리듬과 '잘 있거라 부산 항구야'라는 유행가가 뒤섞인 확성기의 추억으로만 끝나지 않았다.

몇 년 뒤 '로맨스 빠빠'는 다시 가설극장에서 상영되었다. 깜상패 가설극장이 아니었다. 나는 옛날처럼 흥분하거나 환장하지는 않았다. 돈을 내고 들어갔다. 달이 휘영청 밝은 밤이었다. 중학생이 되었어도 초등학교 시절의 기억이 되살아나 엷은 흥분으로 들뜬 것은 시 신이었다. 벌써 그렇게 시간이 흘렀나. 필름은 그 세월 동안 더 낡았는지 지지직거리고 불비가 내리다 못해 뭉텅뭉텅 긁혀 있었다. 가슴 졸이며 짝사랑했던 소녀가 늙은 할멈으로 나타난 꼴이었다. 이십여 분 동안 보고 들은 게 없었다. 누군지 분간할 수 없는 흐리멍덩한 얼굴, 무슨 말인지 알아들을 수 없는 떨리는 목소리가 흘러나오다가 툭 하고 끊겼다. 필름은 오 분이 멀다 하고 툭툭 끊겼다. 구경꾼들의 짜증이 분노로 이어져 폭발 지경에 이르렀다. 끊어진 필름을 잇는 동안 온갖 욕설이 터져 나왔다.

답답했다. 나도 욕을 해대고 싶었다. 얼마나 가슴 졸이게 하던 영화였던가. 나 대신 누군가가 욕을 해 주었다.

"아니, 촌놈이라고 뭐같이 보는 겨! 뭐여, 확 뒤엎기 전에 당장 집어쳐!"

십여 분 넘게 꾸물대다가 간신히 돌아가던 필름이 다시 멈췄다. 이번에는 필름이 문제가 아니라 아예 영사기가 돌아가지 않았다. 웅성거리던 소리는 고함과 욕설로 들끓었다. 몇 년 전 건달 형들에 의해 박살 났던 모습이 떠올랐다. 또다시 가설극장이 으깨어지는 모습을 실제로 보는가 해서 긴장했다.

다행히 그런 일은 일어나지 않았다. 가설극장 측에서 싹싹 빌고 마을 이장까지 나서서 책임지겠다는 바람에 큰 소동은 일어나지 않았다. 대신 가까운 시일 내에 마을 사람 모두에게 공짜로 재상영해 주겠다는 약속을 받고 사람들은 집으로 돌아갔다.

그러나 그것으로 끝이었다. 재상영은 없었다. 마을 이장은 그 일로 두고두고 욕을 먹어야 했다. 그 뒤로 가설극장은 들어오지 않았다. 이제는 누구도 가설극장을 기다리지 않았다. 언제부터인지 마을의 처녀 총각은 건달 삼총사의 뒤를 따르듯 도시로 떠났다. 마을 창고 흙벽에는 영화 포스터 대신 간첩 신고, 국방 소식, 새마을 사업에 대한 벽보가 뻔질나게 붙었다. 새벽이면 어김없이 마을 이장 집에 설치된 확성기에서 '새마을 노래'와 '잘 살아 보세'라는 노래가 흘러나왔다. 노래가 끝나면 아예 별명이 되어 버린 '재상영 이장'의 느려 터진 연설조 목소리가 흘러나왔다.

"친애하는 동민 여러분 밤새 안녕하셨습니까. 여기는 화봉리 새마을운동본부입니다. 아시다시피 시방 대한민국은 새마을적으루다 잘 살아 볼려구 그야말루 정신없습니다. 그리하야 지지난 갱일날 바탕골에서 사방 공사를 한 건 다 아는 사실입니다. 그런디 그날 몇몇 사람이 즘심을 먹고 나서 도망을 쳤다 이 말입니다. 특히나 나이도 어린 것들이. 그것두 좀 배웠다는 애들이 더합니다. 상급 핵교를 다니면서 핵교에서 그런 싸가지 없는 것만 배운 건 아닐 턴디, 하여튼 요즘은 좀 배운 것들이 더 싸가지가 없습니다. 단체루다 도망이나 다니구. 지가 뭐 꼭 누구네 아들이라구 말할 필요는 없을 규. 뻔한 사실잉께. 이건 참 양심적으로 볼 때 그야말루 말이 안 되는 것입니다."

그날 도망친 애들은 바로 나를 포함한 동네 고등학생 네 명이었다. 아침 식사 시간에 아버지는 역시 된장국을 휘휘 저으면서 나를 노려보았다.

"챙피한 일여. 좀 배웠다는 늠들이 도망이나 다니구. 왜? 의용군 뽑데? 도망 다니게. 흐찔한 늠덜. 즈이 애비 망신을 아주 공개적으로 시키는구먼."

우리도 밤이면 또래들과 몰려다니면서 그 당시 유행하던 남진의 노래를 불러댔다. 몰래 막걸리도 마셨다. 예전에 건달 삼총사가 왜 그렇게 밤에 쏘다녔는지 이해가 되었다. 우리는 읍내 극장에서 상영하는 총천연색 시네마스코프 영화를 보러 다녔다. 몇 년 후 나도 고향을 떠났다. 그 무렵 마을 사람들은 밤이 되면 텔레비전을 보느라 집에서 나오지 않았다. 사람들이 모이던 사랑방은 슬그머니 사라졌다. 여름밤이면 모여서 얘기꽃을 피우던 둥구나무 아래는 어둠만 가득했다.

갑자기 왁자한 웃음소리가 한데 뭉쳐 들려왔다. 졸다가 눈을 떠 보니 영화는 온 가족이 모여 웃기 대회라도 하는 듯 신나게 웃으면서 끝났다. 깜빡깜빡 졸면서 이어가던 나의 회상도 끝났다. 꾸벅거리고 졸아서인지 목 부위가 뻐근하고 숙취로 뒷머리가 지끈거렸다. 오른손으로 왼쪽 어깨를 주무르려고 고개를 돌리자 누군가가 나를 노려보고 있었다. 돌아가신 아버지의 사진이었다. 어디선가 호통이 들려오는 듯했다.

"정신 차려 이눔아. 괜히 흐찔하게 헬레거리지 말구."

## 어허 딸랑

아련하게 들려오는 요령 소리와 상엿소리는 영만 씨 자신의
소리였다. 그는 자신의 상여 앞에서 요령을 흔들며 상여를 이
끌고 있었다.

"간다 간다 나는 간다 이승 길 하직하고 저승으로 나는 간다."

영만 씨는 꿈꾸듯 자신이 흔드는 요령과 상엿소리를 들으며
다시는 깨어날 수 없는 깊은 잠으로 빠져들었다.

근동에서 사람만 죽었다 하면 영만 씨는 신이 났다. 누군가 숨넘어갔다는 소식을 들으면 볼 것도 없이 건들거리면서 상가로 향했다. 체구가 작고 볼품없지만 누가 죽기만 하면 어디서 그런 자신감과 신명이 나는지, 목소리에 힘과 윤기가 실리고 행동거지가 눈에 띄게 달라지곤 했다. 근동의 웬만한 사람들은 그 까닭을 다 알고 있었다.

"영만이 또 신났구먼. 사람 죽은 게 저리 좋으까."

"메칠 동안 살판난 거지 뭐."

신이 나서 상가를 들락거리며 대낮부터 얼근히 취해 있는 영만 씨를 두고 동네 사람들은 빙글빙글 웃었다.

"왜 안 그러었어. 영만이가 언제 그런 대우 받을 껴."

"그나저나 영만이도 골골하는 게 심상치 않혀. 언제까지 저럴 수 있을지."

"골골 자리보전하다가도 상만 났다 하면 신나서 설쳐대잖여. 별일은 별일여."

영만 씨는 몇 해 전부터 몸이 안 좋아 간신히 거동이나 할 뿐 집안일 하나 제대로 거들지 못했다. 술을 많이 마셔 간이 안 좋기도 하거니와, 몸 구석구석 두루 부실하여 얼마 되잖는 농사일조차 그의 아내 쌍달댁이 도맡아 짓는 처지였다. 다행히 쌍달댁은 몸이 실하고 힘이 좋았다. 어지간한 농사일쯤 혼자서 니끈이 수려 가고 있었다.

오늘도 영만 씨는 이른 아침부터 윗말 상가에 가느라 부산을 떨었다. 아침 해장을 시작으로 온종일 얼근히 취해 상가에 죽치고 있을 요량이었다. 그는 눌리고 헝클어진 머리에 물을 찍어 발라 다듬기 바쁘게 집을 나서는 중이었다.

"금방 세상 뜨디끼 골골대더니 살판났구먼."

"서방이 중한 일 하러 가는디, 초를 치구 지랄여. 예펜네가 재수 없이."

그의 아내 쌍달댁을 다그치는 영만 씨의 얼굴은 오랜만에 남편으로서의 기개와 위엄이 넘쳐났다. 쌍달댁은 팽하고 코를 풀며 영만 씨가 듣지 못할 정도로 종알거렸다.

"그려, 사람이나 죽어 나가야 살판나지 언제 또 저런 신명이 나겠어."

영만 씨는 누렇게 뜬 얼굴에 자신감 넘치는 웃음을 띠고 윗말 상가 김 주사 집으로 향했다. 이번 상가는 오랜만에 넉넉할지도 몰랐다. 지난밤 별세한 김 주사는 기특하기 짝이 없는 큰아들을 두었다. 요즘 사람답지 않게 큰아들 김상구는 전통적인 관혼상제의 예법을 신봉하고 따르는 편이었다. 군청에서 근무하는 김상구는 물려받은 전답만도 꽤 되어 풍족한 생활을 꾸렸다. 부친의 대를 이어 읍내에 있는 향교에 출입하면서 지방 유생으로서의 관록도 유지하고 있었다. 그래서인지 이번 장례도 오일장으로 치르게 되었다. 물론 저승으로 가는 부친의 유해를 며칠이라도 더 모시고 싶은 효성에서 비롯된 것이겠지만, 한편으론 자신의 효행을 과시하기 위한 면도 없잖아 보였다.

얼마 만의 오일장인가. 영만 씨는 감회가 새로웠다. 삼년 전인가 아랫마을 면장 댁 장례 이후 처음 맞는 오일장이었다. 그때만 해도 쌀가마니 값이나 받고 요령을 잡았다. 요즈음 들어서는 시골에서도 아예 상여를 꾸미지 않고 영구차에서 내린 관을 친지들이 직접 들고 올라가거나 화장한 유골함을 들고 장지로 이동하는 판이었다. 그만큼 상여를 꾸미는 장례가 드물어졌다는 얘기다.

가끔 상여를 꾸며 장례를 치를 때도 먼 동네는 영만 씨를 부르지 않았다. 영만 씨를 부르는 곳은 영만 씨 동네로 한정돼 있었다. 십여 년 전까지만 해도 근동에서 행세깨나 하는 집안에서 상이 나면 으레 영만 씨가 요령을 잡았으나, 이젠 그마저도 쉽지 않았다. 언제부턴가 상엿소리 몇 소절 외운 젊은 축들이 대충 요령을 잡는 거였다.

근래엔 요령잡이의 선창도 없이 상두꾼들만 후렴구를 복창하며 쫓기듯 후다닥 해치우는 일도 잦았다.

"개나 소나 요령 잡으면 되는 줄 아는감. 다 가락이 있고, 신명이 있고, 숨길이 맞아야 되는 겨. 되는대로 씨월거린다고 되는 줄 아남. 생각혀 봐. 죽은 육신의 혼을 불러 이승 사람들헌티 마지막으로 하직하는 소리가 요령잽이 소리여. 아무나, 아무러키나 하는 게 아녀. 그라구 지 애비 에미 장례에 그게 뭔 짓여. 개돼지 잡아 메고 가드끼 갖다 치우는 불상놈들!"

영만 씨는 요즈음 장례가 당최 마음에 들지 않았다. 마음에 들지 않는 정도가 아니었다. 영만 씨에게 요즘 장례는 그냥 송장 치우기 급급한 거지 장례가 따로 없었다. 금방 숨넘어가는 사람을 병원으로 옮겨 굳이 객사시키고, 뻔히 제집 두고 일부러 장례식장에서 장례 치르는 것도 용납할 수 없었다. 특히 영만 씨가 기가 찬 것은 영구차에 실려 온 관을 오솔길부터는 무작정 걸어서 직접 못자리까지 옮기는 것이었다.

"보통 사람도 혼인할 때는 양반들이 타던 가마를 타고, 남자는 벼슬아치가 입던 사모관대를 하고, 여자는 공주가 대례 때 입던 활옷을 입잖여. 죽어서 장지까지 가는 길엔 임금님 타던 가마랑 비슷한 상여를 타는 거여. 살아서도 아니고 죽어서 한 번 타는 상여를 못 태우고 망인을 보내는 건 불효 중의 상불효여."

진작부터 얼근해진 영만 씨는 상가 마당에 피워 놓은 화톳불을 쬐면서 일장 연설을 늘어놓았다. 영만 씨의 이런 연설은 상이 날 때마다 행해지는 관례 행사였다. 영만 씨는 상가에서만은 모두를 가르치고 이끄는 장례 전문가로 통했기에 의기양양했다. 마을 사람들도 그런 영만 씨를 그때만큼은 인정해 주고 고스란히 듣고 있었다. 물론 장례가 끝날 때까지만이었다.

영만 씨는 자신이 무슨 상주나 되는 것처럼 문상객들에게 아는 체를 하며 인사를 하고 돌아다녔다. 문상객이 모여 있는 상마다 기웃거리다 한자리 차고앉아 술을 마시며 떠들어댔고, 상주가 있는 마루나 시신이 안치돼 있는 안방까지 수시로 드나들며 장례에 관한 참견을 했다. 오늘도 영만 씨는 상주인 김 주사 큰아들 김상구를 열심히 설득하고 있었다.

"오일장도 같은 오일장이 아녀. 근동에 자네 같은 유생이 어디 있어. 자네 부친마냥 훌륭한 양반이 가시는디 상여놀이 한번 안 하면 얼메나 섭하시겠나, 안 그려?"

삼일장두 멀다 하는 판에 오일장을 하는 김상구도 마음에 두고 있었다는 듯 받아넘겼다.

"걱정 말어유. 발인하기 전날 미리 상여나 잘 꾸며 놔유. 돌아가신 아버님이나 제 체면을 봐서라두 너무 요란하지 않게 즘잖게 놀아 줘유. 먹새는 걱정 말구유. 돼지 두 마리 잡았으니께 충분할 규."

"그렇구말구. 요즘 같은 시대에 자네 같은 효자도 드물지. 그라구 호상 중 호상 아녀. 아흔을 넘기셨으니. 그라구 걱정일랑 붙들어 매게. 내 신명이 아직은 정정햐."

오일장을 치르는 동안 많은 문상객이 법석대고, 동네 사람들은 아예 상가에서 대놓고 밥 먹고 술 마시고 고스톱 치고 윷을 던지며 진탕 놀아댔다. 마당 한편에선 갓 잡은 돼지갈비를 굽는 냄새와 연기가 가득 피어올랐다. 애들은 애들대로 신이 나서 화톳불 주위를 뛰고, 아낙네들도 끓이고 지지고 설거지하면서 틈틈이 먹고 마셔댔다. 그야말로 풍성한 잔치 마당이었다.

영만 씨는 아예 제집처럼 드나들었다. 먼 데서 온 친척들이 모여 있는 사랑방, 여자 상주들이 모여 있는 안방, 부엌, 고스톱이 한창인 건넌방, 윷놀이가 벌어진 마당을 돌아다니며 괜히 아는 체를 했다. 떠들썩한 상가 분위기가 보기 좋아 행복해서 죽겠다는 표정이었다. 영만 씨는 마냥 기분이 좋아 눈을 가늘게 뜨고 실실 웃어 가며 술잔을 기울였다. 그러다가 취하면 곯아떨어져 제집 안방처럼 아무 방이나 기어들어 가 늘어지게 잤다. 그런 영만 씨를 상가 사람들은 물론 동네 사람들 누구도 뭐라 하지 않았다. 늘 그래 왔기 때문에 그러려니 했다.

마당에서는 벌써 상여가 꾸며지고 있었다. 밑채가 앞뒤로 길게 가로놓이고 앞뒤로 채 막대가 맞춰졌다. 멜 방망이인 홍골목을 가위 자로 엇갈리게 세워 놓고, 단청으로 장식한 동체를 밑채 위에 올린다. 다시 동체 위에 반구 모양의 보개를 올려놓는다. 보개는 상여의 지붕과 같은데 그 꼭대기에는 연꽃 모양의 조각이 얹혀 있다. 보개 앞에는 용이 서로 엉켜 있는 꼭두가 세워진다. 보개 위로는 하얀 천에 보라색 도련을 돌린 양장이 X자 모양의 장대에 매여 펄럭인다. 이 양장은 구름이 떠 있는 하늘을 상징한다. 양장의 네 귀에는 초롱이 달려 있다.

영만 씨는 상여를 꾸미는 사람들을 큰소리로 참견하면서 신이 나서 상여 주위를 맴돌았다. 상여가 다 꾸며지자 영만 씨는 요령을 잡아 흔들었다. 딸랑거리는 소리와 함께 상두꾼들이 멜빵을 어깨에 걸고 일어섰다.

요령을 잡은 영만 씨는 신들린 듯한 표정으로 목소리를 가다듬었다. 약간 쉰 듯한 목소리는 아직도 쩡쩡했다.

"가세 가세 어서 가세, 갈 길이 머니 어서 가세."

"어허 어허 어허이에 어허."

영만 씨는 상여의 앞채 막대를 잡고 요령을 흔들었다. 상두꾼들은 좌우로 흔들며 박자를 맞췄다. 첫발을 떼기 전의 예비 동작이었다. 영만 씨의 요령이 울리고 '가세 가세' 하고 쳐올리듯이 꺾이는 소리가 나면서 상가의 분위기는 대번에 바뀌었다. 원래 호상이었던 터라 활기찼던 상가는 요령 소리와 상엿소리로 공연을 시작하는 무대처럼 한껏 들뜨기 시작했다.

"간다 간다 나는 간다 저승으로 나는 가네."

"어허 어허 어허이에 어허."

안마당은 물론 바깥마당까지 가득 찬 사람들은 벌써 상여를 따라나설 채비를 하며 움직이기 시작했다. 솜방망이에 석유를 묻혀 만든 횃불이 길을 밝히고 영정과 만장 공포가 상여 앞에 서자 드디어 상여는 움직이기 시작했다. 상여 뒤에는 막걸리 양동이와 삶은 돼지 수육이 그득 담긴 안주 그릇을 든 젊은이들이 따랐다. 동네 꼬마들은 신이 나서 벌써 상여를 앞질러 이리저리 날뛰었다.

일렁이는 솜방망이 횃불에 얼비친 화려한 상여는 움직이는 작은 신전처럼 보였다. 양장은 상여의 움직임에 따라 밤바람을 맞고 어둠 속에서 펄럭이며 물결쳤다. 한창 피어나는 아카시아 꽃향기가 싸하게 풍겨 왔다. 영만 씨가 흔드는 요령 소리는 어둠 속에서 더욱 선명하게 딸랑거렸다.

"간다 간다 나는 간다."

"어허 어허 어허이에 어허."

"이승 길 하직하고 부모 처자 이별하고 저승으로 나는 가네."

영만 씨의 걸쭉하고 힘이 넘치는 선소리는 구성지게 꺾여 넘어갔다. 사람들은 이내 이승을 하직하는 죽음의 가락에 빠져들고 말았다. 영만 씨의 흥에 겨워 꺾여 넘어가는 선소리로 죽음은 이미 공포도 슬픔도 아니었다. 그냥 너울거리며 고개를 넘어가는 노랫가락일 뿐이었다.

"이제 가면 언제 오나 오는 날을 일러 주오 못 가겠네 못 가겠네 서러워서 못 가겠네."

영만 씨의 선창에 이어지는 후렴구로 '어허 어허'를 합창하는 상두꾼들도 흥이 나서 머리를 좌우로 까닥이며 발을 맞추고 있었다.

상여는 춤추듯 너울거리며 뚝빙 길로 올라섰다. 동네가 내려다보이는 뚝방 길로 들어선 상여는 제자리에 선채 좌우로 움직였다.

"못 가겠네 못 가겠네 목이 말라 못 가겠네 술이나 한 잔 마시면서 쉬었다가 다시 가세."

"어허 어화 너구리 넘차 어화."

영만 씨의 신호에 따라 상여는 홍골목을 가위 자로 엇걸어 세우고 멈췄다. 막걸리를 양푼에 가득 따라 마시고 입을 씻은 영만 씨는 돼지 수육을 맛있게 씹으며 흐뭇한 표정으로 동네 사람들을 훑어보았다. 여기저기 막걸리를 마시고 안주를 먹으며 와자지껄했다. 어둠 속 저쪽 구석에서는 까까머리 선머슴들도 눈치를 살피며 저희끼리 양푼으로 막걸리를 마셔대고 있었다. 동네 사람 모두 나와 있는 것 같았다. 영만 씨는 막걸리 양푼을 거듭 들면서 상쇠인 자신의 선도로 흥청거리며 돌아가는 농악놀이를 떠올리고 있었다. 영만 씨는 눈을 가늘게 뜨고 흡족한 표정으로 입가에 묻은 돼지기름을 훔쳐냈다.

"맏사위 어디 갔어. 빨리 맏사위 대령시켜."

영만 씨는 막걸리를 마시고 있는 사람들에게 호통을 쳤다. 상여놀이에서 빠질 수 없는 게 상가의 사위 벗겨 먹기였다. 상여놀이를 통해 상가에서 돈을 뜯어내어 뒤풀이 술값과 동네 발전기금을 마련하는 것이었다. 맏사위는 김 주사 큰아들 또래로 이웃 동네 사람이었다. 벌써 술이 불콰하게 오른 맏사위는 준비한 봉투를 내밀었다. 영만 씨는 봉투에 손가락을 넣어 한쪽 눈으로 돈을 확인했다.

"이건 아니지, 너무한 거 아녀? 더 좀 써야겠어."

"아따, 한 번에 끝낼 껴? 한 바퀴 돌자면 한참여. 길게 놀아 보자구."

맏사위는 어디쯤에서 상여가 멈추고 돈 봉투는 몇 번을 찔러 줘야 하는지 이미 다 안다는 투로 눈웃음을 지었다. 영만 씨는 못 이기는 척 요령을 잡아 흔들어 상여를 일으켜 세우고 앞으로 나아갔다. 연거푸 마셔댄 막걸리로 불콰해진 영만 씨의 얼굴은 일렁이는 솜방망이 불빛에 더욱 붉어 보였다. 얼근하게 오른 술기운은 영만 씨의 흥을 더욱 돋웠다. 영만 씨는 이제 흐느껴 울듯 처량하고 구슬프게 선창을 하며 요령을 흔들었다.

"저승길이 멀다더니 대문 밖이 저승일세."

"어화 어허 어화 넘차 어흐와."

상여는 요령과 상엿소리에 맞춰 흔들리며 나아갔다.

흐느낌처럼, 수의를 펄럭이며 저승길을 가는 망자의 모습처럼 천천히 나아갔다. 온 동네가 내려다보이는 뚝방 길을 지나는 상여 행렬을 뒤따르는 사람들도 상옛소리에 맞춰 하나의 군상을 이루며 나아갔다. 뚝방 길 아래 동네 곳곳에 아녀자들과 노인들이 모여 그런 상여놀이를 구경하고 있었다. 뚝방 길 지나는 상여 행렬은 잘 짜인 무대였다. 무대 위에서 펼쳐지는 놀이를 온 동네 사람이 함께 즐기고 있었다.

"김 주사는 좋겠네. 살아서도 착하고 무던하게 사시더니, 자식 잘 둔 덕에 상여놀이까지 하고 저승 가시네."

"그나저나 창식이 아버지 신났구먼. 얼마 만에 해 보는 상여놀이여. 자리보전하고 누워 있다더니 신명은 여전햐."

"글쎄. 앞으로 얼마나 더 요령을 잡을 수 있을라나. 그나저나 저 사람 죽으면 누가 요령 잡는댜."

동네 어귀에서 상여놀이를 구경하는 아낙네들이 두런두런 얘기를 나누고 있었다.

상여가 안산으로 난 다리에 닿자 영만 씨는 상여 앞채를 잡고 상여를 세웠다.

"문전옥답 다 버리고 원통해서 못 가겠네."

"저승길에 노자 하게 돈 몇 푼 쥐어 주게."

상여는 다시 가위 자로 걸친 홍골목 위에 얹혔다.

"아니 몇 걸음이나 왔다고 또 멈추나? 그라구 내일은 이 다리 건너갈 것도 아닌디, 다리라고 죄다 서믄 어떡하자는 겨?"

맏사위가 짐짓 볼멘소리로 투덜댔다.

"뭘 모르는구먼. 알 리가 없지. 사위가 뭘 알었어. 김 주사 어른 옥답이 이 다리 건너 저기 아녀. 허구헌 날 이 다리 건너다니면서 농사일 돌본 거 알기나 아남. 새끼처럼 보듬던 옥답 두고 가는 길이 얼마나 원통하겠는가?"

맏사위는 또 봉투를 내밀었다. 영만 씨는 봉투를 확인한 뒤 그걸 머리 위로 흔들었다. 그게 신호였고 다시 막걸리 양푼이 돌았다. 벌써 거나해진 영만 씨는 또다시 철철 넘치도록 막걸리를 받아 들이켰다. 그 뒤에도 상여는 뚝방 길 지나 차도로, 차도에서 동구 안으로, 동네 한가운데 있는 둥구나무 아래를 지날 때마다 상여를 세우고 봉투를 받아냈다. 그때마다 양푼으로 막걸리를 마셔댔으니 상 엿소리나 걸음걸이가 더욱 끈끈해지고 걸쭉해질 수밖에 없었다. 그중에서도 눈에 띄게 휘청거리는 영만 씨였으나 상엿소리만큼은 한층 구슬프면서도 흥이 넘쳐났다.

영만 씨는 어느새 상여 앞채 위에 올라타고 요령을 흔들었다. 영만 씨를 태운 상여가 등구나무를 지나고 다시 동네 최연장자인 조 영감을 태우고 동네 고샅까지 돈 다음에야 놀이는 끝났다. 만취한 영만 씨는 비틀거리는 걸음으로 집에 돌아와서도 혀 꼬부라진 상엿소리를 흥얼거렸다. 쌍달댁은 혀를 끌끌 찼다.

"금방 저세상 갈 듯이 빌빌대더니. 아주 술통을 들이붰구먼. 그나저나 저 꼴로 내일 요령을 어티키 잡을 껴."

그런 걱정은 일어나지 않았다. 영만 씨는 쌍달댁보다 일찍 일어나 벌써 상가에 가서 해장술을 마시고 있었다. 전날 밤 상여놀이를 하면서 마신 술이 아직 덜 깬 데다 해장술까지 마셔대니 영만 씨의 눈은 벌써부터 풀려 있었다.

"해 뜨기 전부터 이렇게 마시구 이따가 어티키 요령을 잡을 꺾?"

해장국 가마솥에 장작을 집어넣으며 두마니댁이 한마디 했다.

"걱정두 팔자여. 내가 술 때문에 요령 못 잡은 적 있남? 술을 마셔야 제소리가 나오는 겨."

영만 씨는 비틀거리면서도 상가 이곳저곳을 드나들

며 참견을 시작했다.

"아따, 일찌감치도 왔네 그랴. 밤새 그렇게 퍼먹고도 새벽부터 일어나서 설치는 거 보면 요상하긴 요상혀."

호상인 이장이 영만 씨에게 말을 던졌다. 영만 씨는 불콰해진 얼굴로 싱그레 웃으며 입가에 묻은 막걸리를 닦아냈다.

"자네가 장례위원장이면 나는 상여위원장 아녀? 뭐니 뭐니 해도 상가의 꽃은 상여여. 상여가 잘 나가야 장례가 잘 매조지되는 거 아니겄어."

"하긴 그려. 오늘 근사하게 놀아 봐. 호상이겄다, 문상객 많겄다, 최고지 뭐. 안 그려?"

이장의 말에 영만 씨는 좋아서 어찌할 바를 모르는 어린애처럼 웃었다.

"날씨는 왜 이리 좋은 겨. 김 주사 어른 좋겄네. 만화방창 호시절에 꽃가마 타고 가시니."

해가 솟자 사람들이 모여들었다. 마당에는 깔린 멍석 위에 상이 차려지고 뜨끈한 국물에 밥을 말아 해장하는 사람들로 붐볐다. 일찌감치 산에 올라 못자리 팔 사람과 상여 멜 사람들이었다. 영만 씨는 그들을 독려하며 이것 저것 지시했으나, 그러거나 말거나 사람들은 먹고 마시는

데만 열중했다.

영만 씨는 그들 상두꾼들에게 운동화, 수건, 장갑, 담배를 돌렸다.

"이번 운동화는 최고급은 아니래두 싸구려는 아녀. 고맙게들 받으라구."

김 주사 큰아들 상구는 자신의 가문과 효행을 과시라도 하듯 돈을 아끼지 않았다. 분명 영만 씨에게도 돈푼깨나 쥐여 줄 게 분명했다. 장례에 대한 영만 씨의 총평을 무시할 수 없기 때문이었다. 장례를 치른 뒤 영만 씨가 그에 대한 평을 떠벌리고 다닐 게 분명한 때문이었다.

아침 식사가 끝나자 상여가 꾸며졌다. 밀채가 가로놓이고 관이 올려졌다. 보개가 덮이고 양장이 걸쳐졌다. 발인제와 영결식이 시작되었다. 상제들이 순서대로 분향하고 술잔을 올렸다. 김 주사의 장손이 고인의 공덕을 기리는 송공문을 낭독했다. 이 송공문도 특별히 상구가 생각해서 집어넣은 것이었다.

드디어 영만 씨의 요령이 울렸다. 상여가 들어 올려졌다. 아무리 호상이라도 이제 영원히 집을 나서 저승으로 가는 실감에 곡성이 터졌다. 상여를 부여잡고 호곡하는 딸들과 며느리들이 '아이고 아버지'를 외쳐댔다. 상여를 둘러싸고 있던 동네 아낙들도 눈물을 찍어냈다. 영만 씨는 요령을 흔들어 발인소리로 첫소리를 냈다.

"간다 간다 나는 간다 저승으로 나는 간다

어허 어허 어허 어허

간다 간다 나는 간다 황천으로 나는 간다

어허 어허 어허 어흐아."

상여는 제자리에 서서 좌우로 움직이며 박자를 맞추었다.

요령 소리, 상엿소리, 호곡의 삼중주로 상가 마당의 분위기는 고조되고 있었다.

"이제 가면 언제 오나 정든 집아 잘 있거라

어허 어허 어허 어허

한번 가면 못 오는 길 북망산천 나는 간다

어허 어허 어하넘차 어흐아."

상여가 움직이기 시작했다. 앞마당을 지나 고샅으로 나아갔다. 상여를 부여잡은 여자 상제들의 호곡 소리가 숨넘어갈 듯 다급해졌다. 상여를 잡은 손을 누군가가 뜯어말리자 상여를 놓친 호호백발 큰딸이 땅바닥에 주저앉아 호곡했다. 상여는 고샅을 지나 동구 밖을 향해 나아갔다. 상여에서 떨어진 여자들이 상여가 뚝방 길 지나 국도로 들어설 때까지 미동 없이 서 있있다.

봄은 무르익어 티 없이 화창했다. 아카시아꽃 만발한 뒷동산에서 달콤한 꽃바람이 밀려오는가 싶더니 상여의 양장을 물결치게 했다. 화려한 상여는 경쾌하게 발을 맞춰 동네 앞 국도를 지났다. 상여를 따라가지 못하는 사람들은 고샅 이곳저곳에서 김 주사의 상여를 배웅하고 있었다. 뻐꾸기 울고 산비둘기 울음소리가 그 뒤를 이었다. 동네 고샅에서 바라보는 상여는 화려한 한 폭의 그림이었다. 영정과 명정이 앞서고 상여와 조객들이 뒤따르는 모습은 한없이 따스하고 편안해 보였다. 봄바람에 춤추듯 너울거리며 비경으로 들어가는 신령스러운 행렬이었다.

"저승길이 너무 멀어 노자 없이 못 가겠네
공주 효자 우리 상구 노자 듬뿍 쥐어 주게
못 가겠네 못 가겠네 물길 멀어 못 가겠네
문전옥답 다 버리고 섭섭해서 못 가겠네
못 가겠네 못 가겠네 산길 험해 못 가겠네."

다리를 건너기 전에, 개울 건너 좁은 산길로 들어설 즈음, 영만 씨는 그때마다 '못 가겠네 못 가겠네'를 외치며 상여를 세웠다. 상여를 세워 상주와 사위들한테 절을 시키고 봉투를 받아냈다. 그럴 때마다 상두꾼들과 뒤따르는 조객들은 쨍쨍한 햇빛 아래서 막걸리를 마셨다. 영만 씨도 막걸리로 목을 축였다.

상여가 좁은 두렁길을 갈 때는 '에랑 얼싸' 가락으로, 산비탈을 오를 때는 상주들까지 힘을 합쳐 상여를 끌고 밀며 '영치기 영차' 가락으로 바꾸어 가며 올라갔다.

상여가 가파른 등성이로 올라서자 미리 파 놓은 묫자리와 흙더미가 보였다. 작업을 끝낸 이들이 담배를 피워 가며 땀을 식히고 있었다.

한숨을 돌리느라 마지막으로 술잔이 돌았다. 그리고 이내 하관이 시작되었다. 관을 수평과 좌우를 맞춰 반듯하게 내려놓았다. 그 위에 명정을 덮었다. 횡대를 가로 걸친 뒤 영만 씨의 지시에 따라 상주와 지인들이 흙을 관 위에 뿌렸다. 상주들의 곡성이 터졌다. 이제 영영 그 흔적조차 볼 수 없다는 막막함 때문에 뜨거운 눈물을 쏟았다. 사정없이 삽질과 가래질이 이어졌다. 관 위로 묵직하게 떨어지는 흙덩이로 관이 보이지 않게 되자 생과 사의 갈림길이 어디인지 알 수 없는 평지가 되고 곧 달구질이 시작되고 있었다. 홍골목으로 내리 다지며 달구질 소리가 이어졌다. 영만 씨의 선소리에 이어 후렴구가 뒤따랐다.

"산신 지신 정령님께

에헤라 달구

달구소리로 고합니다

에헤라 달구~."

달구질과 함께 이어지는 달구질 소리는 상엿소리와
는 달리 기운차고 신명이 넘쳐났다. 하관으로 가라앉은
분위기가 대번에 밝아졌다. 상주들은 넋을 잃고 저만치
앉아 흔적도 없이 사라진 주검이 봉분으로 다시 완성되
는 모습을 차라리 편안한 모습으로 바라보고 있었다. 달
구질 소리는 상가의 장례를 마무리 짓는 신명 나는 축제
의 마지막 장이었다.

"김해 김씨 영가 된 이

에헤라 달구

극락왕생하시옵고

에헤라 달구."

봉분이 완성되고 떼를 덮기까지 또 두어 번 막걸리가
돌고 봉투가 돌았다. 봉투는 상가의 재정 형편을 고려하
고, 상주의 동네 애경사 참여도를 참작하여 적정선에서
받아내는 것이었다.

김 주사 상가에선 근래 보기 드문 오일장에, 상여놀이

에 봉투도 흡족히 받아냈다. 영만 씨는 벌린 입을 다물지 못하고 흥에 겨워 산을 내려갔다. 얼큰히 취한 그는 주위 사람들이 듣든 말든 자신의 요령잡이 이력을 두서없이 떠들어댔다. 사람들은 영만 씨의 자랑을 상이 있을 때마다 들어서 거의 외우다시피 했다.

"굉장했지. 일천구백육십년 오월에 공주 갑부 김갑순이 죽었을 때 말여. 충청도 요령잡이들은 다 모였을 껴. 그중에서 뽑힌 게 나여. 내가 요령을 잡았는디, 구경꾼이 구름처럼 몰려왔잖여. 그때 모인 사람이 수만 명은 됐을 껴. 대단했지. 그때 받은 돈이 쌀 다섯 가마 값여. 지금은 쌀값이 별거 아녀도 그때 쌀 다섯 가마면 웬만한 공무원 두 달 봉급보다 위여."

영만 씨의 요령잡이 경력 중에서 가장 화려하고 절정인 시절이었다.

김갑순의 상여 행렬을 보기 위해 사람들은 산불처럼 들불처럼 몰려들었다. 길가에 나와 있는 그 많은 이들한테까지 인절미를 돌렸으니 떡쌀만 해도 수십 가마는 쪘을 것이었다. 상여를 뒤따르는 만장만도 수백 장이요, 문상객도 까마득히 늘어섰다. 그러니 김갑순의 상여 행렬에 영만 씨가 요령을 잡은 것은 그의 요령잡이 경력에서 빼놓을 수 없는 자랑거리였다. 덕분에 행세깨나 하는 집안에 상이 나면 서로 모셔 가려는 유명 인사가 되었다. 목소리에 힘도 있고, 꺾어 넘기는 가락이 구성지면서도 구슬퍼서 인기가 대단했다. 특히 정해진 노랫말이 아닌 구성진 즉흥적 노랫말로 행렬의 분위기를 이끌어 가는 재주는 어디서든 알아주었다.

산에서 내려온 영만 씨는 오월의 땡볕과 막걸리 기운에 어지간히 힘이 들었는지 상가에 가서 다시 한잔하자는 사람들의 권유를 뿌리치고 집으로 가서 곧장 누워 버렸다. 너무 무리했는지 꼼짝할 수 없었다. 오일장을 치르는 동안 하루도 빠짐없이 막걸리를 마셔대고 밤을 지새운 데다, 상여놀이부터 발인 날까지 요령을 잡았으니 그럴 만도 했다. 다른 일이라면 몰라도 상가에서, 특히 요령을 잡으면 지칠 줄 모르던 영만 씨였다. 그러나 그동안 골골하던 영만 씨에게 이번 상사는 무리였는지 축 늘어져 버렸다.

"어이구, 살판난 것처럼 기고만장하더니 상이 끝나니께 오뉴월에 뭐 늘어지듯 폭삭하는구먼."

쌍달댁은 아랫목에 널브러진 남편을 돌아보며 혀를 찼다. 볼품없이 구겨진 남편의 몸에 이불을 덮어 주는 쌍달댁의 얼굴에 수심이 깃들고 긴 한숨이 뒤를 이었다. 남편의 몸이 예전 같지 않은 거야 알고 있었지만, 이렇듯 폭삭 사그라지는 모습은 처음이었다. 골골하다가도 상 났다, 하면 언제 그랬냐 싶게 벌떡 일어나 설쳐대고 상이 끝난 뒤에도 한동안은 그 흥에 겨워 흥청거렸는데 이제는 운신조차 힘든 것이었다.

실은 영만 씨와 김 주사는 특별한 인연이 있었다. 김 주사네가 지금은 가산이 풍족하고 자손이 번성하여 근동에서 내로라하는 집안이 됐지만 그게 불과 이십여 년 상관이었다. 그전에는 그야말로 입으로만 양반입네 하고 꼿꼿한 척했어도, 하루 풀칠하기도 어려운 집안이었다. 그때야 어디 김 주사네뿐이었을까. 왜정을 거쳐 해방되고 너나없이 어렵던 시절이었다.

그 시절 칼바람이 몰아치던 동짓달에 김 주사 아버지가 세상을 떴다. 영만 씨는 요령잡이였던 아버지의 뒤를 이어 처음으로 요령을 잡았다. 장지까지는 이십 리 넘는 길이었다. 빠른 두 박자로 뛰듯이 눈 쌓인 들판을 가로질렀다. 상엿소리가 필요 없을 지경이었다. 그냥 '어허 어허' 하며 겅중겅중 뛰었다. 영만 씨는 앞장서서 상여를 인도하기는커녕 뒤처져 상여를 따라오지 못하는 김 주사를 부축하기 급급했다.

중간에 몇 번 쉬기는 했으나 따끈한 국물도 막걸리도 없었다. 그냥 가쁜 숨을 고르기 위해 잠시 멈춘 것에 불과했다. 눈 쌓인 비탈길을 '으쌰으쌰'로 올라가서 매장을 했다. 그래도 김 주사의 고향이자 문중이 모여 사는 곳이어서 시래기국밥이나마 한 그릇씩 대접받을 수 있었다. 김 주사는 자기 아버지가 돌아가신 슬픔보다도 문중 사람들의 고마운 대접에 더 많은 눈물을 흘렸다. 돌아올 때도 김 주사를 이끌어 부축한 영만 씨는 상 또 한번 나겠다며 잘 보살피라는 말을 자식들한테 남겼다. 그러고도 끄떡없던 영만 씨였으나 이제는 늙어 삭아 버리고 말았다.

김 주사 아버지 상에 처음 요령을 잡은 뒤로 그 아들 김 주사가 죽어 요령을 잡기까지 사십 년 세월이 흘렀다. 그동안 숱한 상가를 전전하며 사람 죽은 자리마다 앞장서서 이끌었다. 요령 잡고 상여를 이끌면서 한 사람의 마지막 가는 길을 인도했다는 충만감에 보람을 느끼고 살아왔다. 아무나 잡고 흔들어서는 안 된다는 생각으로 요령을 잡아 온 거였다.

그러나 날이 갈수록 근력이 달리고 뱃심이 줄어든다. 이제는 한번 요령을 잡고 나면 며칠씩 자리보전을 해야 한다. 영만 씨는 왠지 이번 김 주사네를 끝으로 다시는 요령을 잡을 수 없을 거라는 생각이 든다. 상가에 어슬렁거려 가며 참견하는 것도 힘들 거라는 생각마저 드는 것이다.

"내가 죽으면 누가 요령을 잡아 줄 껴?"

"아따, 방정맞기는, 죽으면 어련히 저승으로 가까. 저승 못 가께비 벌써부터 걱정여?"

"이 무식한 예팬네야. 그럼 죽으면 저승으로 가지 이승으로 가남?"

"아니, 그럼 뭐 때미 요령 타령여? 죽는 거보담 누가 요령 잡아 주까, 그게 걱정여?"

"젠장, 내가 말을 말아야지."

폭삭 사그라진 영만 씨는 짜증 섞인 음성으로 대꾸하다가 끙 소리를 내며 돌아누웠다.

영만 씨는 김 주사가 부러웠다. 젊어서 고생했으나, 아들 잘 뒤 가세가 펴고 말년을 유유자적 편히 지내다 저승으로 갔다. 심지어 오일장에 상여놀이에 푸짐한 장례식까지 치렀다. 날씨도 좋아 아카시아 만개한 날 저승으로 갔으니 더 바랄 게 뭐 있겠나. 그에 비해 영만 씨는 무엇 하나 제대로 이루어 놓은 게 없었다. 재산도 그렇고 자식

농사도 그렇고 몸까지 성치 않았다. 죽어서도 지기민금 절절하게 요령을 잡고 상엿소리 해 줄 마땅한 사람이 없으니 그게 더욱 걸렸다. 그렇다고 해서 이제라도 영만 씨 대신 요령 잡을 만한 이를 골라 가르칠 수도 없는 노릇이었다.

그런 면으로 보면 영만 씨의 동네는 좀 특이했다. 사람들이 너무 점잖은 건지 나서기 싫어서인지 도대체 요령 잡으려는 사람이 없었다. 어느 마을이든 자연스럽게 뒤를 잇는 고리가 있게 마련이었다. 풍장을 치는 사람도 뒤를 이어 상쇠와 징, 장구, 북재비를 내게 마련이었다. 요령잡이도 마찬가지였다. 늙거나 죽으면 자연스레 뒤를 이어 누군가가 대신할 사람이 나오는 게 당연한 이치였다. 누가 꼭 집어 주지 않아도 자연스럽게 세대교체가 이루어지는 거였다.

영만 씨의 동네는 요령 잡겠다는 사람이 없었다. 누군가는 영만 씨가 워낙 출중하다 보니까 나서려는 이가 없는 거라고 말했다. 맞는 말인지도 모르겠으나, 그러나 어쨌든 영만 씨는 흥이 있고 노랫가락이나 뽑을 줄 아는 두어 사람을 염두에 뒀었다. 하지만 세상이 바뀌었다.

"아니, 요새 요령잡이가 따로 있나유? 그때그때 아무

나 잡으면 되잖어유. 그라구 이제 상여 꾸며서 장사 지내는 집 있겄슈? 그냥 대충 들어다 묻는 시상인디. 포클레인으로 땅 파구 묻는 시상 아뉴?"

영만 씨는 조 서방의 큰아들한테 속내를 꺼내 놓았다. 그러나 돌아온 답은 그랬다. 듣고 보니 그럴 만도 했다. 요즘 세상에 전문 요령잡이가 무슨 필요 있단 말인가. 이제는 상여조차 없어질 판 아닌가.

영만 씨는 어릴 때부터 '어허 딸랑' 놀이를 좋아했다. 상여를 처음 보았을 때가 언제였나. 정확히 짚을 수는 없어도 상여로부터 받은 느낌은 언제나 강렬했다. 마을에서 거리를 두고 초라하고 음침하게 서 있는 상엿집은 묘하게 기분 나쁘고 무서웠다. 그러나 꾸며진 상여는 눈부실 만큼 환상적이었다. 죽음의 세계는 저런 색일 거라는 생각이 들기도 했다. 특히 처량하면서도 구성진 상엿소리는 영만 씨를 사로잡았다.

영만 씨는 상여만 뜨면 어른들의 만류에도 불구하고 열심히 상여를 따라갔다. 언젠가는 상여를 따라 동네에서 꽤 떨어진 공동묘지까지 따라간 적도 있었다. 아이들을 모아 '어허 딸랑' 놀이를 할 때면 으레 앞장서서 요령잡이 흉내를 냈다. '어허 딸랑' 놀이는 영만 씨의 취미이자

특기였다. 또래 중 누구도 외우지 못하는 산옛소리의 깅
쇠의 지신밟기 사설을 몇 구절이나마 외우는 이는 영만
씨뿐이었다. 가락이 있는 가사를 잘 외우는 것이 영만 씨
의 특기라면 특기였다. 그러니 자연스레 상이 나면 요령
을 잡았고 풍장을 치면 상쇠가 되었다.

김 주사네 상이 끝난 뒤부터 자리보전한 영만 씨는
뒷간에 가기도 힘들 정도였다. 눈자위가 시퍼렇게 꺼져
가고 있었다. 오랜만에 치른 오일장으로 온몸의 기가 다
빠져나간 듯했다. 사나흘 멀건 죽만 넘겼으나 이제는 그
조차 힘들었다.

"아니, 왜 이런댜? 어디가 어떻게 아픈 겨? 골골해도 끼
니는 빼놓지 않았는디."

쌍달댁은 당황한 기색이 역력했다. 병원에 가 보자고
했으나 그 와중에도 영만 씨는, 병원은 안 된다고, 완강하
게 거절했다.

끼니를 거른 지 이레가 지났을까. 미열과 오한에 시달
리던 영만 씨는 뻐꾸기 소리를 들었다. 방 안으로 오월의
바람과 함께 아카시아 향이 풍겨 왔다. 보랏빛 도련을 두
른 양장을 펄럭이며 동구 밖을 나서는 화려한 상여의 행
렬이 보였다. 연꽃으로 단장하고 늘어진 주렴이 앙증맞

게 흔들리는 보개 안에 누워 있는 자기의 모습도 보았다. 딸랑대는 요령 소리와 선소리와 뒷소리에 맞춰 알맞게 흔들리는 상여를 타고 가는 자신의 모습이 그렇게나 평온해 보일 수 없었다. 이승을 떠나 저승으로 가는 죽음이 두렵기는커녕 상여의 흔들림에 맞춰 나른하게 취하는 단잠처럼 느껴졌다.

아련하게 들려오는 요령 소리와 상엿소리는 영만 씨 자신의 소리였다. 그는 자신의 상여 앞에서 요령을 흔들며 상여를 이끌고 있었다.

"간다 간다 나는 간다 이승 길 하직하고 저승으로 나는 간다."

영만 씨는 꿈꾸듯 자신이 흔드는 요령과 상엿소리를 들으며 다시는 깨어날 수 없는 깊은 잠으로 빠져들었다. 상두꾼들의 뒷소리가 아련히 멀어지고 있었다.

"어허 어허 어화 넘차 어화."

# 별

남자는 군대에 끌려가고, 여자는 어디로 간 것일까. 궁금했다. 살길이 없어 제집으로 들어갔을까, 아니면 어딘가로 도망쳤을까. 군대에 간 남자를 버리고 도망칠 여자는 절대 아니라는 생각이 들었다. 읍내에 볼일이 있어 잠깐 외출했는지도 모를 일이었다. 나는 주머니 속 동전을 만지작거리며 돌아섰다. 신작로 아래 연못은 고요했다.

이슬비가 내렸다. 오늘도 남자는 신작로 아래 연못에서 낚시하고 있었다. 비가 내리거나 날씨가 흐려 축축한 날이면 몇 대의 낚싯대를 드리우고 영락없이 물가에 앉아 있었다. 남자는 학교 앞 가게 주인이다. 우리는 그를 작은 가게 남자라고 불렀다. 나이도 어리고 가게도 작아서 그렇게 불렀다. 그는 가게는 뒷전이고 낚싯대만 메고 다니는 것으로 보였다. 남자가 자라 말고 다른 고기도 낚는지는 알 수 없었다. 어쨌든 우리는 그가 자라를 잡기 위해 낚싯줄을 드리운다고 믿었다. 소문에 의하면 남자의 아내는 간질을 앓고 있었다. 그 특효약이 자라와 뱀이라는 것이었다. 작은 가게 부부의 소문은 그것만이 아니었다. 부모의 반대에도 불구하고 두 사람은 도망쳐 나와 살림을 차렸고, 여자는 아직 학생이라는 말도 있었다. 얘깃거리가 없는 단조로운 고장에 갑자기 나타난 젊은 부부는 당연히 호기심을 끌었고, 이런저런 소문도 뒤따를 수밖에 없었다.

우리는 소문을 믿었다. 너무 심심해서 소문을 믿고 싶었는지도 모른다. 그러나 그런 소문을 믿게 된 결정적 단서가 있었다. 여자 때문이었다.

스물이나 되었을까 싶은 어린 아내는 낯설었다. 근처

에는 그런 모습을 한 여자가 없기 때문이었다. 낯설었기 때문에 여자와 관련된 소문을 믿어야 한다는 것이 좀 황당하기는 했지만, 여자는 사람들에게 소문을 믿게 할 만한 무언가가 있었다. 적어도 소문과 어울리는 모양새를 갖췄다고 생각하는 편이 나을지도 몰랐다. 여자의 모습이 낯설다는 것은 머리 모양과 옷차림 때문이었을 것이다. 그때만 해도 결혼한 여자의 머리는 쪽을 찌고 비녀를 꽂았다. 처녀들은 댕기 머리거나 뒤통수가 드러나는 단발머리였다. 옷은 거의 한복 치마저고리였다. 정강이가 약간 보일 정도의 짧은 치마를 입은 여자는 학교 선생님 정도였다. 가겟집 여자는 댕기 머리도 단발머리도 아닌 물결 모양의 파마머리였다. 옷도 치마저고리가 아니었다. 생전 처음 보는 옷이었다. 모란 정류소 옆 미장원 벽에 붙어 있는 선전 포스터 속 여자의 옷과 비슷했다. 지금으로 말하자면 목이 훤히 보이고 허리가 잘록한 원피스였다.

여자의 모습은 환하고 산뜻했다. 가게 마루에 조용히 앉아 있는 모습은 형의 국어책에 나오는 아가씨 같았다. 얼마 전 형의 국어책을 들춰 보던 나는 알퐁스 도데의 '별'을 읽을 수 있었다. 어린 내가 읽어도 가슴 뭉클한 감동적인 이야기였다. 특히 '물결치는 머리카락을 곱게 누르면서 나에게 기대 온 아가씨'라는 글귀로 상상되는 여자는 가겟집 여자가 처음이었다. 결혼한 것이나 다름없는 여자를 아가씨로 상상하게 된 것은 순전히 '별' 이야기 때문이었을 것이다.

작은 가게에는 손님이 없었다. 지난해 봄까지 가게를 하던 대철 아버지는 늘 술에 취해 있었지만, 지금처럼 손님이 없지는 않았다. 대철 아버지와 어울려 술을 마시는 어른들도 드나들었으니 성황은 아니어도 지금처럼 조용하지는 않았다. 그때에 비하면 지금의 작은 가게는 작은 암자나 다름없었다. 대철이는 가게에서 사탕이나 과자를 몰래 빼내 먹으면서 애들한테 나눠 주기도 했다. 대철이 아버지는 그런 대철이 때문에 가게가 망했다고 아들을 두들겨 팼다. 대철 엄마는 그런 남편을 대놓고 욕했다.

"염병하네. 즈이 새끼가 사탕 몇 개 훔쳐낸 것은 뵈고, 지가 처먹은 술 짝은 안 보이는구면."

누구 때문에 망했는지는 몰라도 대철네는 가게를 팔고 논산으로 떠났다. 대신 어린 여자가 가게를 맡았다. 그 뒤로 사람들의 발길은 뜸해졌다. 내가 봐도 알조였다. 도통 장사할 자세가 돼 있지 않았다. 장사하고 싶은 건지 의심스러울 지경이었다. 가게에 누가 들어가도 반응이 없었다. 원하는 물건을 주고 돈을 받을 뿐이었다. 말도 없고 눈인사조차 없었다. 심지어 손님이 원하는 물건을 집어 주지도 않고 손수 들고 갈 때까지 기다렸다가 돈만 받았다. '별' 이야기에 나오는 아가씨처럼 하늘의 별을 바라보는 자세로 넋을 놓고 앉아 있으니 손님이 꼬일 리 없었다. 몹쓸 병에 걸렸다는 소문까지 도니 아이들도 가게 마루에 청승맞게 앉아 있는 여자를 힐끔거리며 지나칠 뿐이었다. 아이들은 언제부턴가 작은 가게를 쪽 가게로 부르기 시작했다.

나는 학교를 오가며 쪽 가게를 지나칠 때마다 전혀 눈길조차 주지 않는 척했다. 그러면서도 은근히 사람들이 들끓기를 바랐다. 들끓는 사람들 틈에 자연스럽게 섞여 여자의 가게를 구경하고 싶었다. 혼자서 가게 안으로 들어갈 자신은 없었다. 까닭은 나도 몰랐다. 다른 애들이 드나들지 않는 가게를 나 혼자 간다는 게 아무래도 안 될 것 같다는 생각이 들었을 뿐이다.

"저 가겟집 여자 재수 없어. 생긴 거 봐, 이상하잖아."

"뭐가?"

"그냥."

태수는 재수 없다면서도 남다른 관심을 기울이고 있는 것 같았다. 쪽 가게 부부에 대한 대부분의 소문을 들려준 것도 태수였다. 태수는 작은 가게 여자의 모습을 볼 때마다 내 귀에 대고 속삭이듯 중얼거리곤 했다.

"너 그거 모르지? 저 여자는 매일 뱀탕과 자라 피를 마신단 말여."

무언가 서늘한 것이 목덜미를 스쳐 가는 느낌이었다. 소문대로 남자가 자라와 뱀을 잡기 위해 동분서주하고 있다는 것은 알고 있었다. 하지만 막상 태수를 통해 들었을 때는 징그러운 자라와 뱀이 가게 안에 우글거리고 있다는 데에 생각이 미쳤다. 그런데도 가게 마루에 앉아 있는 여자는 뤼브롱 산 목장에서 별을 바라보는 스테파네트 아가씨였다. 사람 발길이 거의 끊긴 가게였기에 더욱 그런 것인지도 몰랐다.

반면에 대철네가 떠난 뒤로 과부네 큰 가게는 장사가 더 잘됐다. 대철네 가게를 들락거리던 사람들조차 모두 과부네 가게로 옮겨 갔기 때문이었다. 과부댁은 가게 앞 평상에 앉아 치마 속으로 부채질을 해대며 지나가는 사람들에게 말을 걸었다. 남자들과 걸쭉한 농담도 주고받고, 시원한 물까지 대접하며 자리를 내주었다. 아이들에게도 웃는 얼굴로 아는 체를 했다. 그러니 자연스레 사람이 꼬였다. 가게 앞 평상에는 지나가다 쉬어 가는 사람과 버스를 기다리는 사람들로 붐비고 가게 안은 아이들이 뻔질나게 들락거렸다. 과부댁 가게와 쪽 가게는 모두 학교가 서 있는 쪽의 신작로 가에 자리 잡고 있었다. 과부네 가게와 쪽 가게는 삼바실 골짜기로 들어가는 길을 사이에 두고 옆으로 나란히 붙어 있었다. 과부는 작은 쪽 가게를 바라보며 혀를 찼다.

"에이구, 젊은것들이 뭐 할 게 없어 저런 코딱지만 한 가게에 매달려 궁상을 떠냐. 장사를 할라면 화끈하게 하든지, 저게 뭐여. 맨날 파리나 쫓고 있으니 원."

과부댁은 못마땅한 듯 쪽 가게 쪽을 바라보며 혀를 찼다. 정말로 젊은 부부를 걱정하는 것으로도 보였다.

그러나 과부댁이 걱정하는 것처럼 파리나 쫓으며 궁상을 떤다는 느낌은 없었다. 젊은 부부는 장사에 관심이 없을 뿐이었다. 모아 둔 돈이 있는 것인지, 아니면 가출할 때 얼마간의 돈을 챙겨 왔는지도 몰랐다. 장사는 되지 않는데 굶지 않고 그럭저럭 살아가는 것을 보면 돈이 그리 궁하지 않다는 증거였다.

"확실혀. 부잣집 아들인지도 몰러. 그렇지 않고서야 저렇게 장사가 안되는데도 그럭저럭 살잖아."

"혹시 간첩 아녀?"

아이들은 쭉 가게에 얼씬거리지도 않으면서 호기심은 버리지 않았다. 그즈음 학교에서는 간첩 신고 교육이 한창이었다. 학교는 물론 공회당, 벼 수매 창고, 가게 문짝, 심지어는 길가의 전봇대에도 간첩 신고 표어와 포스터가 붙어 있었다. 육이오 때 사라졌다 최근에 나타난 사람, 남들 자는 한밤중에 북한 방송 듣는 사람, 아침에 이슬 맞고 산에서 내려오는 사람, 일정한 수입 없이 그럭저럭 살아가는 사람이라면 일단 간첩이 아닌지 의심해 봐야 한다는 것이었다. 그렇다면 작은 가게 남자는 일정한 수입 없이 그럭저럭 살아가는 사람이라는 항목에 들어맞았다. 그러나 우리 동네만 해도 기석이 아버지, 봉구 아버지처럼 그럭저럭 살아가는 사람이 한둘이 아니었다.

그날은 수업 중인데 운동장으로 모이라는 학교 종이 울렸다. 그건 급한 일이 생겼다는 신호였다. 전교생이 운동장에 모였을 때 그곳은 이미 동네 사람들로 북적였다. 도지사가 온다는 게 이유였다. 도지사는 우리가 사는 충남에서 제일 높은 사람이었다.

잠시 후 군용 지프가 들어왔다. 도지사가 온다는데 웬 군용 지프인가? 차에서 내린 사람은 별 두 개의 군복을 입고 있었다. 놀랍게도 그가 도지사였다. 도지사는 지

휘봉을 들고 구령대에 올랐다. 무슨 얘기인지 길은 모르 겠으나 처음부터 끝까지 재건, 재건, 재건만 외쳐댄 것 같 았다.

나중에 선생님께, 왜 군인이 도지사냐고 물었다. 선생 님은 군사혁명이 일어났기 때문이라고 했다. 지난해 봄 군사혁명이 일어난 뒤부터 조회 때마다 혁명 공약을 외 우라고 하더니, 군인이 도지사인 이유도, 선생님한테 인 사할 때 '재건'이라는 구호를 달아야 하는 이유도 그렇고 그래서인 모양이었다.

도지사가 다녀간 뒤부터 우리는 학교 재건을 위해 책 보자기를 들고 나서야 했다. 거의 매일 신작로 건너 정안 천에서 자갈과 모래를 날랐다. 학교 건물을 증축하고 운 동장을 넓히기 위해서였다. 봄부터 여름까지 틈만 나면 날랐기에 책보자기는 쉽게 너덜거렸다. 우리에게 재건은 책보자기가 너덜거리는 거였고, 학교 운동장을 넓히는 거였다.

과부댁도 가게 지붕을 함석으로 개량했다. 재건을 한 것이었다. 쪽 가게는 칙칙한 초가지붕 그대로였다. 지붕을 새 이엉으로 교체한 게 언제인지 몰라도 비가 내리면 누 렇게 썩은 낙숫물이 흘러내렸다. 원래 초가지붕은 해마다 이엉을 엮어 새로 지붕을 하는 게 옳았다. 농사일이라면 호미가 뭔지도 모를 것 같은 젊은 부부가 지붕을 새로할 리 없었다. 아마도 술타령만 하던 대철 아버지 때의 초가지붕을 입때껏 쓰고 있는 게 뻔했다. 과부댁 가게는 더번듯해져 활기가 넘쳐나는데, 쪽 가게는 더욱 쪼그라들기만 했다. 언뜻 보면 가게인지 분별이 가지 않을 정도였다.

그런데도 쪽 가게는 문을 닫지 않았다. 여자는 거의언제나 틈새로 비껴드는 햇살처럼 어둠침침한 가게 마루에 앉아 있었다. 남자는 가끔 신작로 아래 연못에서 낚시하는 모습만 볼 수 있었다. 나는 가게를 지나칠 때마다 슬쩍슬쩍 가게 안을 들여다보았다. 알록달록한 사탕 항아리와 여자만이 장식품처럼 눈에 띄었다. 단아한 모습으로 앉아 있는 여자는 그림처럼 고요했다. 아무리 보아도자라 피를 마시거나 뱀탕을 먹을 것처럼 보이지 않았다. 외려 그런 걸 보면 기절할 것만 같은 모습이었다. 그러나가게를 벗어나 죽은 아기를 대충 매장해 뒀다는 골탕을혼자 지날 때면 여우로 둔갑한 여자의 모습이 떠오르곤했다. 피 묻은 입술로 고개를 외로 꼬고 눈을 흘기는 모습이었다. 그럴 때면 큰 소리로 애국가를 불렀다. 무서울 때

마다 왜 애국가를 부르게 되는지는 모르겠다. 무릇지기
조회 때마다 큰 소리로 애국가를 부르라는 선생님의 다
그침 때문이었을까.

섬뜩한 모습으로 떠오르는 여자의 환상과 실제의 모
습이 같은지 확인하려고 매번 스치듯 보아도 그런 구석
은 찾아볼 수 없었다. 부슬부슬 비가 내리는 음산한 날이
면 일부러 유리창 너머로 슬쩍슬쩍 들여다보고는 했다.
아마도 작은 가게를 그렇게 열심히 들여다본 아이는 나
말고는 없을 거라고 생각했다. 여자는 불쌍하기도 하고
못마땅하기도 했다. 가게에 손님이 없는 것도, 병에 걸렸
다는 것도, 말이 없는 것도 불쌍했다. 못마땅한 것은 여자
가 웃지 않는 것이었다. 물결치는 머리를 젖히고 웃는 스
테파네트 아가씨의 귀여운 모습 같은 건 한 번도 볼 수 없
었다. 하지만 가끔 '별'처럼 요정이 나타나듯 숨 돌릴 틈도
없이 다녀가는 그 서운한 뒷맛 같은 느낌이 드는 때가 있
었다.

여자가 불쌍하다는 생각이 들수록 과부댁 큰 가게로
만 몰려가는 아이들이 미웠다. 그러나 정작 나 역시 여자
의 가게에서 물건을 사 본 적이 없었다. 어지간한 학용품
은 형이 돈을 타서 사다 주었고, 군것질할 돈은 소풍이나

운동회 때 말고는 받아 본 적 없기 때문이었다. 설령 돈이 있은들 여자의 몹쓸 병에 대한 소문으로 꺼림칙하기 때문인지도 몰랐다.

하지만 그때는 그때고 지금은 지금이다. 누구도 가지 않는 가게를 나 혼자서 간다는 게 지금은 어쩐지 눈치가 보였다. 누군가가 그 가게 왜 가는 거냐고 묻는다면 놀라고 당황해서 할 말이 없을 것 같았다. 그렇다고 '별' 이야기의 목동처럼, 지금까지 살아오는 동안 보아 온 여자 중에서 가장 아름다운 여자였기 때문이라고 말할 수는 없는 일이었다. 그때의 나는 '아름다운 여자'에 대한 개념도 느낌도 없었다. 다만 '별' 이야기에 나오는 아가씨를 상상하면 가겟집 여자가 떠오른다는 것뿐이었다.

과부댁 큰 가게는 얼마든지 구경할 수 있도록 언제든 문이 활짝 열려 있었다. 나도 아이들과 어울려 자주 과부댁 가게에 들렀다. 특히 뽑기 껌을 떼러 가는 아이들이 있으면 꼭 따라갔다. 그때만 해도 구하기 힘든 대여섯 권의 만화와 그 아래 수십 개의 껌이 붙어 있었다. 껌을 떼어 껍질을 까면 껌 싼 종이에 만화책의 번호가 적혀 있다고 했다. 아이들은 아껴 두었던 동전을 만지작거리다가 도전했지만, 만화책을 뽑은 아이는 한 명도 볼 수 없었다. 으스대기 좋아하는 태수는 스무 개가 넘는 껌을 떼어 봤지만 모두 허탕이었다. 태수는 씩씩거렸다. 스무 개가 넘는 껌을 볼따귀가 미어터지게 씹어대며 목메어 외쳤다.

"아줌니! 저거 다 가짜 아뉴? 어티끼 하나두 안 나와유?"

"그걸 내가 어띠키 알어. 지가 재수 없어서 그런 걸 왜 나한티 승질내구 그랴."

과부댁은 딱하다는 듯 혀를 찼다.

태수는 볼이 터지게 껌을 씹으며 돈을 모아 언젠가는 저기 붙은 껌을 다 떼어 볼 거라고 씨월거렸다. 정신없이 껌 종이를 벗겨 자기 입안에 욱여넣기 바쁜 태수가 얄미워서 아이들은 고소해했다. 그 뒤로도 만화책은 늘 그대로였다. 물론 껌을 떼어낸 곳엔 새로운 껌이 붙어 있었다. 태수는 씩씩거리면서 과부가 사기를 치는 거라고 욕을 했다.

쪽 가게는 만화 뽑기도 없었다. 그런 것이라도 있으면 슬쩍 껴 들어가서 가게를 구경할 수도 있으련만 그것조차 없었다. 요즘도 정말 가겟집 여자가 자라 생피와 뱀탕을 먹는지 살펴보고 싶었다. 그냥 보면 알 수 있을 것 같았다. 왜냐하면 뱀탕을 즐겨 먹는 기숙 아버지 목에 보기

흉한 부스럼이 난 걸 보았기 때문이었다.

쪽 가게에 들어갈 일은 생기지 않았다. 물건을 사지 않으면서 혼자 들어간다는 건 말이 안 됐다. 그때의 분위기는 그랬다. 작은 가게는 상엿집이나 당집 정도는 아니어도 통행이 금지된 폐가처럼 변해 가는 중이었다. 가게 유리창 틀에는 흙먼지만 쌓여 갔다.

장마가 끝나자 무성산 너머로 흰 구름 덩이가 생겼다. 구름은 움직이지 않고 머물러 있었다. 드디어 본격적인 무더위가 시작된다는 조짐이었다. 작은 가게는 바람 한 점 없는 그 무더위에도 열리지 않았다. 사람이 살고 있는지 의심스러울 지경이었다. 태수는 가게를 힐금거리며 엄청난 비밀이라도 알려 주듯 목소리를 낮췄다.

"야, 너 그 얘기 들었냐? 지금 저 가게에 여자 혼자 산다는 거."

"남자는?"

"끌려갔지."

태수는 남자가 사라지기를 바란 것처럼 속삭였다. 그러고 보니 우리 학교의 김 선생님도 끌려갔다. 군사혁명으로 군대 안 간 사람들은 죄다 군대로 끌려갔다. 쪽 가게 남자도 군대로 끌려갔다고 했다. 그러고 보니 그간 남자를 볼 수 없었다. 신작로 아래 연못이 장미로 넘쳐도 남자의 모습은 보이지 않았다. 연못이 넘쳐 배에 임금 왕 (王) 자가 새겨진 자라가 근처 논으로 흘러들었다는 소문이 돌았으나 남자의 모습은 보이지 않았다. 하긴 임금 왕 자가 새겨진 자라를 죽이면 벌을 받기에 아무도 선뜻 나서서 잡으려 들지 않기는 했다.

태수는 이유 없이 쪽 가게 여자를 미워했다. 여자에 관한 소문만으로 미워하는 것 같지는 않았다. 그냥 처음부터 재수 없다고 했다. 태수는 무언가 못마땅하고 기분이 나쁘면 재수 없다는 말을 썼다. 태수는 여자라면 모조리 미워하고 싫어하는 것 같았다. 남자애들과는 그런대로 잘 지내는데 여자애들과는 앙숙이었다. 고무줄을 끊고, 치마를 들추고, 뱀이나 개구리를 잡아 여자애들에게 들이밀어 기겁하는 모습을 즐겼다. 그날도 태수는 신작로를 기어가는 능구렁이를 잡아 막대기에 걸쳐 들었다. 그걸로 여자애들을 놀리는가 싶더니 작은 가게에 이르러 냅다 문 앞에 내던졌다.

"남자가 없으니 뭘 먹고 사나. 이거라도 먹어."

언젠가는 개구리를 산 채로 가게로 집어 던지고, 자동차에 깔려 죽은 뱀을 가게 지붕에 걸쳐 놓기도 했다. 불끈 화가 치밀었다.

"새꺄, 너나 갖다 처먹어."

나는 나지막하게 으르렁대듯 내뱉었다. 태수도 험상 궂은 표정으로 막대기를 쳐들며 으르렁거렸다.

"이 새끼, 대체 왜 이랴?"

태수의 장난은 그칠 줄 몰랐다. 단짝이었지만 나는 태수의 짓궂은 장난에 끼지 않았다. 그냥 붙어 다니면서 방관자로 즐기기도 하고 비난도 했다. 태수는 공부로 처지니까 그 보상 심리로 내 앞에서 짓궂은 장난을 일삼는 것인지도 몰랐다. 너는 이런 것 못 하지, 하는 시위 같은 것말이다.

동네 사람들은 태수를 두고 싹수없는 놈이라고 수군거렸다. 아비 없는 후레자식이라 버릇도 없다는 것이었다. 태수 아버지는 고추 장사를 했는데, 몇 해 전 장에 나가는 차를 타고 가다 떨어졌다. 공교롭게도 오줌보가 터져 끙끙 앓다가 결국 일어서지 못하고 저세상으로 갔다. 장에 나가는 차는 오일장마다 차령고개에서 공주에 이르는 신작로를 지나가며 물건을 날라 주는, 근동에서 하나밖에 없는 고물 트럭이었다. 장을 보러 가는 사람들은 신작로에 내다 팔 곡식이나 가축을 들고나와 장 차에 신고 자신들은 걸어갔다. 물건이 흘러내리지 않도록 트럭 뒤에는 두어 사람이 조수 역할을 했다. 그들은 물건을 싣고 내리는 일까지 도맡았다. 태수 아버지도 고추 장사를 하며 장 차 조수 노릇을 하다가 사고를 당한 거였다.

동네 사람들은 태수를 후레자식이라고 손가락질했다.

"엄니 후레자식이 뭐여?"

"아버지가 일찍 죽어 버릇없다는 겨."

태수 어머니는 하루가 멀다고 아들을 야단치고 두들겨 팼으나, 태수는 동네 사람들한테 싹수없다는 손가락질을 받는 게 일상이 돼 버렸다. 우리 부모도 태수를 꺼리는 눈치였으나 나는 여전히 태수와 붙어 다녔다. 다른 애들한테는 싹수없이 굴어도 내게는 그나마 잘해 주는 편이었다. 새집을 찾아주고, 높은 나무에 올라가 설익은 과일을 따 주었다. 대신 서리를 하거나 싹수없는 짓을 할 때는 나를 빼 주기도 했다. 돈이 어디서 생겼는지 군것질거리를 살 때도 내게만은 종종 나눠 주었다. 물론 만화책을 뽑기 위해 껌을 뗄 때는 예외였다.

태수와 가까워진 결정적 계기는 지난여름 복숭아 서리 사건이었다. 텃밭에 복숭아나무 몇 그루가 있는 기숙이네를 털 때였다.

"밤에 서리할 때는 알몸이 최고여."

태수는 옷을 홀랑 벗고 텃밭으로 기어들어 갈 태세였다. 엉겁결에 나도 홀랑 벗고 태수 곁에 쭈그리고 앉았다. 우리는 알몸인 채로 기숙네 방의 불이 꺼지기를 기다렸다. 모기 떼가 사정없이 달려들어도 참고 견디면서 특공대처럼 긴장으로 숨을 죽였다. 드디어 불이 꺼졌다. 우리는 후들후들 떨면서 복숭아를 따내 태수네 뒤뜰에서 먹어 치웠다.

이튿날 기숙 아버지는 대뜸 태수를 잡아끌었다.

"너 말구 누가 있겄어. 바른대로 불어."

지난밤 서리 사건에 태수가 빠질 리 없다는 게 기숙 아버지의 결론이었다. 어른들은 마을에서 일어난 웬만한 사건은 그런 식으로 태수만 닦달하면 된다고 보았다. 그때 내가 얼마나 달달 떨었는지는 아무도 모를 것이다. 학교나 동네에서 모범생으로 통하는 내게 치명적 위기가 닥친 거였다. 태수는 기숙 아버지한테 귀싸대기를 맞으면서도 내 이름을 대지 않았다. 왜 그랬는지 모르지만, 저 혼자서 모든 걸 뒤집어썼다. 그 후로 우리는 단짝이 되었다.

여름 방학이 시작되었다. 신이 나 우리는 옷을 입은
채로 물속으로 뛰어들었다. 태수는 아래쪽에서 치마를
걷어 올리고 멱을 감는 여자애들한테 소리를 지르더니
바지를 내렸다. 여자애들 쪽으로 고추를 휘두르며 오줌
을 내갈겼다. 여자애들은 기겁했다.

"야, 너도 갈겨."

여자애들 비명에 흥이 오른 태수는 나까지 부추겼다.

"미쳤냐?"

"미치기는, 지지배들이 은근히 좋아하잖여."

왜 바지를 내리고 오줌 갈기는 모습을 여자애들이 좋
아한다는 건지 도대체 이해할 수 없었다. 하긴 이해할 수
없는 게 어디 그뿐이었을까. 태수는 여자와 관련한 비밀
스러운 욕설도 곧잘 할 줄 알았다. 그런 얘기를 할 때면
눈까지 가늘게 뜨고 목소리도 낮추었다. 당연히 듣는 나
역시 절로 숨을 죽여야 했다. 그는 여자의 몸에 대해서도
곧잘 말해 주곤 했는데, 그런 때는 괜히 창피하고 얼굴까
지 벌게지는 느낌이었다.

"가겟집 여자 말여, 이거 봤냐?"

태수는 양손으로 자기 가슴을 불룩하게 부풀리는 시
늉을 했다. 그뿐 아니라 여자의 다른 곳도 봤다고 했다. 뻔

뻔스럽게 낄낄대는 모습을 보자 몸속의 피가 부글부글 끓어오르는 것 같았다. 나도 모르게 태수의 멱살을 잡고 소리쳤다.

"새꺄, 구라 까지 마."

태수는 이 새끼가 왜 이래, 하는 뜨악한 표정으로 내 멱살을 마주 잡았다. 우리는 한동안 씩씩거리며 서로를 노려보았다.

그런 일이 있었으나 그런 일은 그런 일로 끝났다. 그 뒤로 방학 동안엔 당번으로 두 번 학교에 갔다. 청소 당번과 가축 당번을 맡은 날이었다. 가축 당번은 학교에서 기르고 있는 토끼와 돼지에게 먹이와 물을 주는 일을 맡았다. 가축 당번 날 아침 집을 나섰다. 자갈을 튕겨내고 흙먼지를 일으키며 달려가는 자동차를 만난 것 빼고는 아무도 만나지 않았다. 큰 가게 앞 평상에도 사람이 보이지 않았다. 쪽 가게는 흙먼지를 뒤집어쓴 채 괴괴한 모습으로 닫혀 있었다. 흙먼지로 얼룩진 유리창에 눈을 대고 들여다보았다. 아무도 보이지 않았다. 흙먼지를 조심스럽게 손바닥으로 쓸어내고 들여다보았다. 진열장의 알록달록한 사탕 항아리가 눈에 들어왔다. 주머니에 손을 넣었다. 동전이 잡혔다. 보름 전에 사촌 형이 다녀갔는데 새로 나온 돈이라며 반짝거리는 일 원짜리 동전 두 개를 수고 간 거였다. 한 개는 얼음과자를 사 먹었으나, 한 개는 꾹 참고 간직해 왔다. 일 원이면 눈깔사탕 두 개를 살 수 있었다. 애들이 학교에 나오지 않는 당번 날 작은 가게에서 사탕을 사려고 숨겨 두었다가 가지고 나온 거였다. 드디어 가게 문을 열고 안으로 들어간다는 생각에 가슴이 두근거렸다. 보는 사람이 없나 주위를 살피면서 조심스럽게 문을 열었다. 그러나 문이 열리지 않았다. 잠시 망설이다가 이번엔 문을 두드려 봤다. 인기척이 없었다. 다시 유리창에 코를 박고 안을 들여다보았으나 누구도 보이지 않았다. 큰맘 먹고 물건을 팔아 주려 했는데 문조차 열어 보지 못하니 몹시 아쉬웠다. 특히 여자를 보지 못한 허전함이 컸다.

남자는 군대에 끌려가고, 여자는 어디로 간 것일까. 궁금했다. 살길이 없어 제집으로 들어갔을까, 아니면 어딘가로 도망쳤을까. 군대에 간 남자를 버리고 도망칠 여자는 절대 아니라는 생각이 들었다. 읍내에 볼일이 있어 잠깐 외출했는지도 모를 일이었다. 나는 주머니 속 동전을 만지작거리며 돌아섰다. 신작로 아래 연못은 고요했다. 돌멩이를 주워 집어 던지자 연못가로 동그랗게 파문이 밀려갔다. 나는 몇 번이고 돌을 던져 동그랗게 밀려 퍼지는 물결을 바라보았다. 햇빛을 받아 반짝이는 물결에 눈이 부셨다.

방학이 끝나 가고 있었다. 그날 오랜만에 태수를 만나 새들 봇도랑으로 나갔다. 뜸부기가 울고 멀리 초록빛 논엔 황새 몇 마리가 먹이를 찾고 있었다. 정안천에서 흘러드는 물길이 지나는 도랑은 물고기가 많았다. 반두와 양동이를 들고 도랑을 훑었다. 송사리는 놔주고 주로 붕어와 미꾸라지를 잡았다. 그날따라 반두질이 잘되었다. 태수가 반두를 잡고 내가 수초를 밟아대며 몰았다. 태수가 반두를 들어 올리더니 비명을 질렀다. 뱀이라도 걸렸나 싶어 겁먹은 채로 들여다보니 시커먼 자라가 들어 있었다. 태수도 겁먹은 표정으로 물었다.

"야, 이거 어떡하냐?"

"그냥 놔줘, 배에 임금 왕 자가 있는지도 모르잖어."

"자라가 얼마나 귀한 건디 그냥 놔줘?"

문득 작은 가게 여자가 떠올랐으나 나는 입을 다물었다. 태수는 양동이에 자라를 넣으며 한마디 했다.

"이거 어따 팔지?"

팔 궁리부터 한다는 점에서 태수는 나와 달랐다. 태

수 어머니가 보따리 장사를 했기 때문에 일찍부터 이문에 눈을 떠서였을까. 태수 어머니는 물건을 머리에 이고 다녔다. 옷가지나 화장품을 주로 팔았지만, 한여름에는 과일을, 김장철에는 새우젓도 팔았다. 근동의 소문에 태수가 뜨르르한 것도 장사하는 어머니 덕이었다.

팔아서 돈이 생긴다면 나쁘지 않았다. 하지만 자라를 어떻게 누구한테 판단 말인가. 태수는 잠시 생각에 잠긴 듯 걷더니 눈을 가늘게 뜨고 흐흐거렸다.

"좋은 생각이 났다. 가겟집에 파는 겨."

나는 화들짝 놀랐다. 잡힌 자라를 보고 나 역시 가겟집 여자를 떠올렸기 때문이었다. 태수도 그 여자를 떠올렸다는 게 썩 기분 좋지 않았다. 더 기분 나쁜 건 자라 피를 마시는 여자를 떠올리게 했다는 점이었다. 여자한테 자라를 팔겠다는 건 순전히 나를 약 올리기 위한 소행 같았다. 화가 치밀었다.

"너나 처먹어."

"너 이 새끼, 왜 그 여자 얘기만 나오면 핏대를 올리고 지랄여."

태수는 눈을 부릅뜨고 소리쳤다.

그건 태수 말이 맞았다. 요즘 들어 태수가 그 여자 애기만 하면 화를 냈다. 여자에 대한 소문을 옮겨 줄 때는 솔깃해서 잘 들었지만, 여자를 욕하거나 놀리면 화가 치밀었다. 여자가 남들에게 욕을 얻어먹거나 놀림을 당하는 게 싫었다.

"그럼 팔지 말고 그냥 갖다줘."

태수는 뜨악한 표정을 지으며 나를 노려보았다.

"너, 은근히 웃겨."

태수는 무슨 생각을 하는지 한동안 낄낄댔다. 서쪽으로 기우는 따가운 볕 때문인지 얼굴이 한층 화끈거렸다. 우리는 양동이를 들고 가겟집으로 향했다. 긴 여름 해가 서산마루에 걸려 있었다. 우리는 식지 않은 신작로의 열기를 받으며 오 리가 넘는 길을 터덜터덜 걸어가면서 말없이 생각에 잠겼다. 과연 여자에게 자라를 갖다주는 게 잘하는 짓일까.

"여자가 좋아할까?"

태수도 나와 같은 생각을 한 게 분명했다. 나는 대답을 하지 못하고 태수 얼굴만 바라보았다. 태수의 얼굴은 의외로 진지해 보였다.

과부네 큰 가게 평상에는 행인 서너 명이 뚱뚱한 몸에 부채질하며 연신 떠드는 과부댁의 얼굴에서 눈을 떼지 못하고 있었다. 저만치 개 한 마리가 죽은 듯 늘어져 자고 있었다. 우리는 과부네 큰 가게를 힐끔거리며 작은 가게 쪽으로 걸어갔다. 평상에 앉아 있는 사람들 누구도 우리를 주목하지 않았다.

"그나저나 어티키 주냐? 문은 니가 열어."

나는 태수를 앞세웠으나 괜한 설레발이었다. 이미 문은 활짝 열려 있었다. 안이 훤히 들여다보였다. 가게는 텅 비어 있었다. 마루는 깨진 유리 조각과 사람들의 발자국이 난잡하게 찍혀 있었다. 항상 어둑했던 실내로 산마루에 걸린 햇빛이 얼비쳐서 눈이 시렸다. 누군가 밟아서 와장창 부서진 문짝이 마루 구석에 처박혀 있었고, 뒷문은 아예 떨어져 나가고 없었다. 겨우 하나뿐인 방 안에는 버리고 간 것으로 보이는 잡동사니가 흩어져 있었다. 부엌으로 난 쪽문도 떨어져 바닥에 아무렇게나 뒹굴었다. 텅비어 깨끗한 게 아니라 어지러웠다. 이사 나간 게 아니라 누군가가 때려 부순 게 확실했다. 우리는 망연자실했다. 보름 전 가축 당번 때만 해도 멀쩡했었다. 대체 누가 이런 짓을 했을까. 여자는 어디로 갔을까. 그곳은 이제 가게가 아니었다. 다시는 누구도 도저히 살 수 없는 텅 빈 폐가일 뿐이었다. 우리는 벌써 퀴퀴하고 시큰한 냄새가 나는 그곳을 빠져나왔다.

"니들 뭐하러 왔냐? 이 시간에 학교 당번은 아닌 것 같은디."

활활 부채질하며 과부댁이 물었다.

"있잖어유, 저기는 왜 그류?"

태수는 대답 대신 손가락으로 쪽 가게를 가리키며 되물었다.

"아, 보면 몰러."

과부댁은 우리에게서 눈길을 거두더니 마침맞은 질문을 받았다는 듯 평상에 앉아 있는 사람들에게 신나게 떠벌리기 시작했다.

"내 그럴 줄 알았다니께. 내 말이 틀려? 오래 못 간다고 했잖여."

우리는 은근슬쩍 평상 모퉁이에 엉덩이를 걸치고 과부댁 얘기를 들었다.

"난리도 보통 난리가 아녔어. 머리끄댕이를 잽혀 가지구 패대기질 당했다니께."

우리는 과부댁의 충격적인 얘기에 넋이 빠져 해 가는 줄 몰랐다. 며칠 전 두 명의 여자가 작은 가게로 들이닥쳐 가게를 때려 부쉈다는 것이었다. 귀한 아들을 꾀어내 가출하게 만든 여시 같은 년이라고 온갖 악담을 퍼부으며 여자의 머리채를 잡고 두들겨 팼다는 것이었다.

"그래서 여자는 어떠키 된 겨?"

"내가 말리지 않았으면 큰 사달 났을 껴. 내가 고래고 래 악을 써 가매 개 편을 들었다니께. 그 예팬네들 나간 뒤 여기로 데리구 와 다독거려 주었는디, 다음 날 새벽 댓 바람에 말 한마디 없이 떠났다니께. 지금도 개 생각을 하 면, 가심이 휑하다니께."

저녁놀마저 사그라들고 있었다. 신작로 오르막에서 흰 옷을 입은 노인이 지팡이를 짚고 천천히 걸어오는 게 보 였다. 노인을 따라 어둠이 밀려오고 있었다. 우리는 더 늦 기 전에 집으로 향했다. 애장이 있다는 골탕을 지날 때 약 간의 두려움이 밀려들었으나 그뿐이었다. 정안천 건너 산 등성이 마을에서 불빛이 새어 나올 무렵, 누가 먼저랄 것 도 없이 우리의 걸음은 빨라졌다. 해가 진 하늘에선 하나 둘 별이 돋아나기 시작했다. 나는 뜬금없이 알퐁스 도데 의 '별'을 떠올리며 생뚱맞은 생각에 빠져들었다. 왜 우리 동네엔 양이 없을까? 왜 우리나라엔 목동이 없을까? 동구 밖에 이르자 반딧불이 별 가루처럼 깜박거렸다. 둥구나무 쪽에선 소쩍새 울음소리가 구슬프게 들려오고 있었다.

## 소들은 어디로

소 파동은 그 뒤에도 몇 차례 더 있었다. 우길 씨는 여전히 예전처럼 소를 키웠다. 득이 되는지 해가 되는지 계산도 하지 않았다. 그냥 풀 뜯기며 소를 키우는 게 좋아서 그렇게 소를 키웠다. 다행히 자식들 가르치고 시집 장가 다 보냈다. 집에 남은 건 아내와 소 두 마리뿐이었다. 어미 소 한 마리에 송아지 한 마리였다. 나이가 들고 기력이 달려도 농사짓고 소 먹이는 일만은 그만둘 수 없었다.

우길 씨는 오늘도 집회에 나갔다. 오늘로 벌써 열흘째였다.

"할아버지, 이제 혼자 잘 다니시네요."

마침 외출 준비를 하던 손녀가 머리를 손질하면서 한 말이었다.

"그까짓 거 금방이지 뭐."

우길 씨가 그까짓 거라고 호언하는 말속에는 나도 잘 찾아갈 수 있다는 자신감과 집회 장소가 그리 멀지 않다는 의미가 포함돼 있었다.

집회가 열리는 광장은 걸어서 십 분밖에 걸리지 않았다. 처음에는 손녀와 함께 다니다가 이제는 아예 저녁 일과처럼 시간 맞춰서 혼자 다녔다. 며느리와 손녀는 저녁 식사가 끝나면 깔개에 물병, 김밥까지 준비해 주었다.

집회가 열리는 광장은 우길 씨의 산책로나 마찬가지였다. 집회 초기에는 그냥 구경만 했다. 어느 날 갑자기 손녀 또래의 중고등학생들이 촛불을 들고 무언가를 외쳤다. 처음엔 어린 학생들이 저게 무슨 짓인가, 하는 우려가 들었다. 도대체 왜 저러는지 알 수 없었다. 그들은 하나도 심각해 보이지 않았다. 심지어 웃고 떠들고 춤까지 추어 댔다. 나중에야 텔레비전을 통해 광우병 소고기 때문이라는 걸 알게 되었다. 우길 씨는 몸 한가운데를 찌르르하 게 지나는 전율을 느꼈다. 그게 결국 소 이야기였기 때문 이다.

우길 씨에게 소는 남 얘기가 아니었다. 소는 우길 씨 의 전부였다 해도 과언이 아니다. 어릴 때부터 수십 년을 소와 함께 살았다. 지금은 그 좋아하던 소를 떠나 도시에 서 살고 있지만, 소를 생각하면 할수록 가슴이 아렸다. 아 내가 살아 있던 몇 년 전까지만 해도 우길 씨는 공주 산 골에서 한우를 길렀다. 마릿수로 다섯 마리 이상 넘어 본 적 없는 소규모 사육이었다. 이천여 평의 산비탈에 서너 마리의 소를 길렀다. 아내가 죽고 한미 FTA가 체결된 후 그나마 기르던 소도 처분하고 아들네 집으로 들어왔다. 그게 작년이었다. 아들네 집으로 들어올 때도 한동안 혼 자 산다고 버텼다. 그러나 아내가 남긴 유언 때문에 결국 아들네 집으로 들어가는 길을 택할 수밖에 없었다. 위암 말기로 이 년이나 고생한 아내는 어린애처럼 작아진 몸 으로 우길 씨의 손을 잡고 말했다.

"영감, 나 죽거든 괜한 고집 피우지 말고 창수네 집으 로 들어가. 소 키우매 혼자 산다고 청승 떨어 자식 능구덕 나게 하지 말구. 남들이 뭐라겠어. 괜시리 착한 아들 욕 멕이지 말구 그냥 죽은 드끼 가서 살어. 며늘애도 그만하면 무던햐."

소 같은 우길 씨에 비해 아내는 밝고 넉넉한 여자였다. 황소 같은 남편이 아무리 화를 내도, 뭐가 틀려서 소처럼 씩씩댄댜, 코만 벌렁대매, 하면서 비죽이 웃어 넘겼다.

아닌 게 아니라 우길 씨는 소 같은 사람이었다. 소처럼 크고 순하고 우직했다. 그의 구부정하면서도 넓은 어깨와 크고 둥그런 눈도 소를 닮았다. 그의 부모는 답답하면 저놈의 소 새끼 같은 놈이라고 욕을 했다. 그런 그에게 동네 사람들은 황소라는 별명을 지어 주었다. 그는 별명처럼 말없이 일을 잘했다. 꾀를 부리지 않고 화도 잘 내지 않으며 주어진 일을 열심히 했다. 특히 소를 잘 부렸다. 쟁기질, 써레질, 달구지 끄는 일에 누구도 당할 사람이 없었다.

그 시절 집안에 소가 있다는 것은 중농을 상징했다. 소야말로 전답과 집을 빼고는 가장 큰 재산이었다. 가난했던 그의 아버지는 남의 송아지를 맡아서 길러 주고 어미 소가 되면 돌려주는 '한우 소작'으로 근근이 살아가던 농부였다. 새끼를 낳으면 한 마리 얻는 조건이었다. 한우 소작은 송아지를 맡아 기르는 동안 소를 활용하여 농사를 짓고, 송아지를 얻을 수도 있는 이익이 있었나. 송아지를 맡긴 사람도 남의 손을 빌려 소를 키우니 나쁠 게 없었다. 서로에게 좋은 일이었다. 하지만 도중에 소에게 뭔 일이 생기면 큰 낭패였다. 그러니 소를 잘 기른다고 소문난 집에 맡기는 게 순리였다.

우길 씨의 아버지는 소를 잘 기르기로 소문난 사람이었다. 땅이라고는 손바닥만 한 산비탈 자갈밭이 전부였다. 그나마 남의 땅을 빌려 집에서 먹는 채소나 가꾸는 정도였다. 다행히 소처럼 힘이 좋아 남의 농사에 품도 팔고 머슴살이도 하고, 틈틈이 한우 소작까지 해서 호구를 이어 갔다. 우길 씨는 어릴 때부터 그의 부모와 함께 소를 끔찍하게 아끼며 키우는 게 몸에 뱄다. 자신들은 굶어도 소는 굶기지 않았다. 좋은 풀만 베어다 먹이고 겨울이면 정성껏 여물을 먹여 키웠다. 잘 키워서 송아지를 낳아야 남는 게 있기 때문이었다.

우길 씨는 그렇게 소와 함께 컸다. 초등학교 들어가기 전부터 소를 뜯기며 소꼴을 베는 아버지를 따라다녔다. 소여물을 주는 어머니의 치맛자락을 잡고 외양간에 있는 소를 쓰다듬기도 했다. 초등학교 이삼 학년 때부터는 본격적으로 소를 끌고 나가 풀을 뜯겼다. 초등학교 고학

년이 되어서는 소꼴 지게를 진 채 소를 몰고 좁은 논두렁을 지나다닐 정도였다. 물론 작두로 볏짚이나 고구마 줄기를 썰어 쌀겨를 넣고 여물을 끓여 주는 일도 그의 몫이었다. 우길 씨는 이런 일들을 싫어하기는커녕 즐겼다. 그에게 소는 소중한 가족이나 다름없었다.

여름이면 마을 앞 신작로 지나 정안천변으로 소를 끌고 갔다. 정안천변에는 넓은 풀밭이 있다. 그는 천변 풀밭에 소를 매어 놓고 미루나무 그늘에서 낮잠을 자거나 물에 뛰어들어 멱을 감았다. 풀밭과 모래밭과 물이 흐르는 정안천은 말 그대로 마을 아이들의 최고 놀이터이자 소들의 자연 농장이었다. 아이들은 자기들만 멱을 감는 게 아니라 소들까지 끌고 들어가 멱을 감겼다.

우길 씨는 초등학교를 졸업한 해에 아버지로부터 지게를 물려받았다. 마을에서 좀 산다고 하는 집 애들이나 특별히 공부 좀 하는 애들 빼고는 대부분 지게를 지거나 일자리를 구하느라 도시로 떠났다. 우길 씨는 두말없이 고향에 남았다. 그런 그에게 어머니는 대놓고 면박을 주었다.

"남들은 다 대처로 나가는디 너는 땅뙈기도 읎으매 뭐 주워 먹을 게 있다구 이 구석에서 빌빌대구 있냐, 이

소 같은 놈아."

그때마다 우길 씨는 일언반구도 없이 지게를 지고 소를 앞세운 채 집을 나섰다. 소는 뭐가 좋은지 허연 콧등을 벌름거리며 연신 기분 좋은 소리를 질러대면서 큰 엉덩이를 씰룩거렸다.

"저놈의 소 새끼는 좋기두 하겠다. 으이구 어떠키 저렇게 똑같댜. 아주 형님 동생 하지 그랴."

우길 씨 어머니는 아들과 소의 뒷모습을 언제까지고 바라보았다.

그 어머니가 어떤 타박도 계속할 수 없게 된 건 잔병치레 한 번 없던 우길 씨 아버지가 하룻밤 사이에 세상을 뜬 뒤부터였다. 그때부터 우길 씨는 아버지의 일을 전적으로 도맡았다. 한우 소작은 물론 우시장에 소를 끌어다 주는 소몰이까지 했다. 천안에서 차령고개를 넘어 공주까지는 백여 리 길이다. 우시장이 서는 공주까지 소를 끌어다 주고 얼마간의 돈을 받는 게 소몰이였다. 말이 소몰이지 그 일은 쉽지 않았다. 나이 든 소들은 그나마 순한 맛에 끌고 가지만, 아직 코뚜레도 뚫지 않은 목매기는 제멋대로 내달리고 막무가내로 버텨서 애를 태웠다. 말 그대로 고삐 풀린 망아지였다. 목매기를 끌고 밤새 걸어 아침 우시장에 대자면 생몸살을 앓았다. 그런 아들이 아침 신작로를 지날 무렵이면, 아이고 저놈의 소 새끼, 꼭 저래야 되는 겨, 하면서 그의 어머니는 애를 끓였다.

우길 씨의 잔뼈는 그렇게 굵어졌다. 이삼 년 지나서는 체격으로 보나 힘으로 보나 일하는 손끝이나 눈썰미로 보나 어느 것 하나 어른들에 비해 빠지지 않았다. 그는 어느새 근동에서 알아주는 상일꾼으로 자리 잡았다. 특히 일찍부터 소를 부리는 솜씨가 남달랐기에 쟁기질이나 써레질은 우길 씨를 으뜸으로 쳐 줬다. 쟁기질과 써레질은 아무나 하는 일이 아니었다. 깊고 고르게 논밭을 갈아 주는 쟁기질이야말로 농사의 기본이었다. 그와 소는 호흡이 잘 맞았다. 구태여 큰 소리를 질러 가며 소를 질타할 필요도 없었다. 틈날 때마다 소의 목덜미와 잔등을 쓸어 주었고 소는 땀을 흘리면서도 신뢰감 가득한 큰 눈을 슴벅거렸다. 힘든 일을 한 날이면 보리나 콩을 섞어 죽을 쒀 주는 것도 잊지 않았다. 우길 씨는 그냥 소가 집 안에 있다는 것, 소를 바라보고 있는 것만으로도 좋았다. 겨울에 외양간에서 김이 무럭무럭 올라오는 여물을 먹고 있는 소를 보면 그저 훈훈한 감정이 들었다.

그는 넓은 산자락에 집을 짓고 밭을 일구고 소를 기르

며 살아가는 게 꿈이었다. 그걸 한마디로 요약하면 목장이나 농장주가 되는 것이었다. 그러나 우길 씨는 목장이나 농장주라는 거창한 개념은 알지도 못했고 생각지도 않았다. 그냥 넓은 터에서 농사짓고 소를 기르며 살아가고 싶다는 소박한 꿈을 가졌을 뿐이다.

그런 우길 씨의 꿈이 이뤄진 건 채 서른이 되기 전이었다. 그는 군대를 다녀온 지 삼 년째 되던 해에 결혼했다. 상대는 초등학교 선후배 사이지만 대놓고 말해 본 적 없는 춘자 씨였다. 살림꾼이라는 그녀의 평판은 어느 정도 알고 있었다. 춘자 씨와의 결혼으로 우길 씨의 꿈은 급속히 진전되었다. 군대 가기 전까지 모은 돈이 있었지만 춘자 씨와의 결혼으로 마른 논에 물 들어가듯 돈이 모였다. 그렇다고 큰돈이 들어온 건 아니었다. 적은 돈이나마 들어오는 대로 나가지 않게 모았다는 얘기다. 춘자 씨는 몸집이 작고 살피듬도 가녀렸으나 강단이 있고 손끝이 야무져 무슨 일이든 잘했다. 살림은 시어머니한테 맡기고 품까지 팔며 억척스레 일했다. 밭매기, 뽕 따기, 담배 조리 등 일손이 필요한 곳이면 빠지지 않고 따라다녔다.

"소 같은 아들한티 저런 며늘애가 있어 얼마나 다행인지. 우길이가 그래도 일복 말고 처복도 타고났으니 그나마 맘이 놓이는구먼."

우길 씨는 결혼한 지 삼 년 만에 산비탈을 사서 집을 짓겠다고 했다. 어머니는 펄쩍 뛰었다.

"그 돈이면 기름진 상부 뜰 논 닷 마지기도 살 것인디, 왜 해필이면 산비탈여? 그것도 돌밭을. 외떨어진 산골탕에 가서 도 닦을 일 있냐?"

"엄니 맘 알어유. 그런디 논도 중하지만 집도 지어야 되구."

집은 새로 지어야 할 판이었다. 그동안 우길 씨 내외는 윗방과 잇대어 방 한 칸 들여놓고 그곳에서 살아왔다. 커 가는 동생들은 차치하고라도 당장 우길 씨한테 애가 둘이었다. 들어갈 때도 허리를 굽히고 들어가야 할 만큼 비좁은 방에서 네 식구가 살다 보니 가장 긴박한 바람이 새집이었다. 어머니도 다 자란 자식들과 새로 생긴 손자들을 봐서라도 당장 급한 게 새집이라는 것쯤은 알고 있었다.

우길 씨는 대청마루와 방 세 개짜리 기역자집을 지었다. 부엌이 마주 보이는 곳에는 광과 외양간도 지었다. 집이 완성돼 이사하는 날엔 온 동네 사람이 다 모였다. 아침부터 시작한 이사는 점심 전에 끝났다.

그날 저녁 우길 씨네 집들이가 있었다. 처음으로 동네 사람들을 초대해 벌인 잔치였다. 사람들이 대청마루까지 들어차 먹고 마시고 떠들어댔다. 아무리 외진 곳이라 해도 버젓이 집이 들어서고 사람들로 들썩대니 사람 사는 티가 났다. 그러고 보니 산을 등지고 마을 전체가 한눈에 내려다보여 집터도 그럴싸했다. 마을 사람들은 우길 씨가 의외로 땅 보는 눈이 깊다며 칭찬이 자자했다.

이사를 하고 난 뒤에도 우길 씨는 손 놀 틈이 없었다. 아니 전보다 더 바빠졌다. 그동안 모은 돈은 산비탈 장만하고 집 짓는 데 다 쏟아부었다. 돌투성이 산자락일지라도 삼천여 평 땅에다 새집이 있고 소가 두 마리였다. 먹지 않아도 배가 불렀다. 그러니 우길 씨는 제아무리 바쁜들 황소처럼 크고 길게 소리치고 싶을 정도로 기뻤다. 그 점은 우길 씨 아내 춘자 씨도 마찬가지였다. 여태껏 남의 밭일만 해 주었는데 이제는 온종일 일해도 되는 내 밭이 생겼다. 아무리 힘들어도 즐겁기만 했다. 우길 씨 가족은 아침 일찍부터 어둠이 내릴 때까지 나무뿌리와 돌을 캐 가며 땅을 일궜다. 이미 일구어 놓은 밭에선 벌써 각종 채소와 콩, 고구마, 들깨, 옥수수가 자라고 있었다.

우길 씨 나이 사십 줄로 들어서자 자식도 늘어나고

재산도 불었다. 아들 둘에 딸이 하나였다. 우길 씨 부모가 그토록 탐내던 새들의 상답 천오백 평도 사들였다. 누가 봐도 중농이었다. 소작에 품팔이, 머슴살이하던 기억이 새로울 정도로 우길 씨는 위치가 격상됐다. 분명 마을의 젊은 유지였다. 그런데도 그는 늘어난 전답과 가축을 돌보느라 쉴 틈이 없었다. 그게 고통이라고 생각해 본 적도 없었다.

새마을 운동이 가속화될 무렵 그는 쉰을 바라보고 있었다. 농촌 근대화 사업이 추진되면서 전기가 들어오고 지붕 개량, 길 넓히기, 산림녹화사업으로 정신없을 때였다. 농지 정리와 함께 가뭄을 대비한 지하수 개발에 이어 양수기도 보급되었다. 경운기와 트랙터가 넓어진 농로를 오갔다. 신작로는 아스팔트로 포장되었다. 국도에서 마을로 들어오는 길은 콘크리트로 포장되고 빨래터와 공동 우물도 콘크리트로 정리되었다. 말 그대로 새마을로 변해 가는 모습이었는데, 우길 씨는 시장 한가운데 끌려온 소처럼 어리둥절했다. 왠지 꺼림칙했다.

아무리 농촌이 근대화되고 소득이 늘어난 것처럼 보일지라도 우길 씨는 당최 맘에 들지 않았다. 당장 우길 씨가 기르는 소부터 할 일이 없어졌다. 그냥 먹고 잘 뿐이었다. 젊은 농군들은 축사를 짓고 대규모로 비육을 한다고 설레발쳤다. 또 어떤 젊은이들은 비닐하우스를 짓고 특용작물을 시작한다고 했다.

"영철 아버지, 우리도 뭔가 해야 하지 않겠슈?"

아내의 말마따나 특용작물을 하든, 비육을 하든 하기는 해야겠다는 생각이 드는 것도 사실이었다. 그러나 마땅히 달라붙을 엄두가 나지 않았다. 시원하게 터진 널찍한 곳에서만 일하던 습성 탓에 답답한 비닐하우스 안에서 일하는 것부터 맞지 않았다. 책까지 보아 가며 공부해야 한다는 특용작물 재배는 더더욱 구미에 맞지 않았다. 아내가 우리도 비닐하우스를 지어 특용작물을 해 보자고 졸라댔지만 우길 씨는 여전히 주저했다. 대신 외양간을 늘려 소를 기르기로 작정했다.

주변에선 현대식 축사에 대량으로 소를 기르는 사람들이 늘어났다. 그나마 널찍한 축사를 짓고 한우를 기르는 건 이해가 되었다. 비육을 위해 돼지처럼 좁은 외양간에서 소를 키우는 건 영 못마땅했다. 아랫말 김 서방네 좁은 외양간에서 숨을 헐떡이고 있는 소를 보았을 때는 화가 치밀어 올랐다.

"아무리 돈이 좋다 혀도 그렇지, 어띠키 소를 저러키

키우남? 소는 엄연히 돼지하고는 다른 겨, 이 사람아."

"이 사람이 뭔 소리여? 지금이 어느 시상인디 정신이 오락가락하는 말을 하구 그랴. 소 새끼나 돼지 새끼나 그게 그거지 다른 게 뭐 있어? 다들 잡아먹겠다구 키우잖여? 아녀? 괜히 더운밥 먹구 식은 소리 하구 다니질 말어, 이 사람아."

우길 씨는 할 말이 없었다. 맞는 말이었다. 소가 할 일이 뭐 있단 말인가. 쟁기질도 써레질도 달구지 끌기도 모두 기계가 하는 세상 아닌가. 이제 소는 돼지처럼 먹고 자고 살만 찌면 되는 것이었다. 넓은 풀밭에서 풀을 뜯고 논밭에서 일하고 외양간에서 잠자던 시절은 가고 없었다. 우길 씨는 무언가 빼앗긴 상실감이 컸으나 오히려 그럴수록 옛날 방식을 고집했다. 낮에는 외양간에서 소를 끌어내 풀을 뜯겼다. 아무리 소가 할 일이 사라졌다 해도 소는 소 대접을 받아야 한다는 게 우길 씨의 변함없는 생각이었다. 소가 돼지처럼 산다는 건 받아들일 수 없었다.

그 무렵 우길 씨네 집 건너편 산자락에 집 한 채가 들어섰다. 윗말 최 서방네 큰아들이 땅을 사서 현대식 축사까지 짓고 들어앉은 것이었다. 이웃이 생겼으니 든든할 법했으나, 대량으로 한우를 기른다는 게 좀 찜찜했다. 거기서 나오는 오물과 냄새 때문에 깨끗하던 주위 환경이 더러워질 건 빤할 빤 자였다. 그래도 친구 아들인데 어쩌랴. 더군다나 다른 젊은이들은 너나없이 도회지로 나가는 판에 고향에서 영농사업 한다는 게 기특하지 않은가. 뭐라도 도와줘야 할 판이었다. 최 서방 아들은 농협 대출로 송아지를 백오십만 원씩 주고 이십 마리나 사들였다고 했다. 축사 시설비까지 합치면 사천만 원을 훌쩍 넘었다.

"요즘 젊은 애들은 보짱이 대단혀. 어티끼 그 많은 돈을 빌려 스무 마리나 샀댜."

춘자 씨는 혀를 내둘렀다.

"국가에서 영농자금을 팍팍 대 준다잖여."

"우리는 무서워서 그냥 꿔 준대도 싫어. 빚이라면 아주 징글징글햐."

최 서방 큰아들은 한동안 잘나가는 것처럼 보였다. 그러나 오래지 않았다. 소 파동에 휩쓸려 태산을 이고 휘청거리는 듯하더니 끝내 삶까지 내려놓고 말았다. 대통령 동생이라는 자가 외국의 값싼 소를 들여와 엄청난 이문을 봤다는 게 소 파동의 근원이었다. 그로 인해 백오십만원에 사서 이 년 키운 소가 육십만 원도 안 됐다. 대출금

연체 이자는 늘어나지, 소값은 똥값이지, 최 서방 큰아들은 헤어날 길이 없었다. 예비군 교육이 끝난 어느 날 만취한 그는 축사 앞에서 농약을 마셨다. 춘자 씨가 그를 발견했을 때는 발뒤축이 까질 정도로 발버둥 치다가 두 팔을 늘어뜨린 채 이미 삶을 끝낸 뒤였다.

소 파동은 그 뒤에도 몇 차례 더 있었다. 우길 씨는 여전히 예전처럼 소를 키웠다. 득이 되는지 해가 되는지 계산도 하지 않았다. 그냥 풀 뜯기며 소를 키우는 게 좋아서 그렇게 소를 키웠다. 다행히 자식들 가르치고 시집 장가 다 보냈다. 집에 남은 건 아내와 소 두 마리뿐이었다. 어미 소 한 마리에 송아지 한 마리였다. 나이가 들고 기력이 달려도 농사짓고 소 먹이는 일만은 그만둘 수 없었다. 우길 씨의 그런 모습에 도시로 나간 자식들은 보통 성화가 아니었다.

"품값도 안 나오는 일 이제 그만하시고 편히 쉬세요. 논밭 빌려주는 돈이면 먹고살 만하잖아요. 소는 더해요. 애완용도 아니고, 수지가 맞지 않는데 왜 고생을 사서 하세요?"

딴엔 부모를 생각해서 하는 말이겠으나 모르는 소리였다. 자식들이 뭘 알겠는가. 농사짓고 소 기르는 재미를 어찌 알겠는가. 우길 씨 내외는 흙과 소 곁을 떠날 생각이 없었다. 죽기 전까지 기력만 되면 농사는, 혹 손을 놓을지라도 소만큼은 계속 키울 심사였다.

모든 건 아내의 죽음 때문이었다. 위암으로 아내가 죽고 나자 뜻대로 되는 게 없었다. 늙은이 혼자 밥 끓여 먹으며 산다는 것도 쉽지 않았다. 구차하고 청승맞았다. 남들 보기에도 그렇고 자식들 성화도 있고 해서 결국 전답과 집을 남한테 빌려주었다. 소도 팔아 치웠다. 텅 빈 외양간처럼 반평생이 빠져나간 듯 허탈했다.

아들네 집으로 들어간 우길 씨는 풀밭에서 축사로 끌려온 소처럼 답답하고 지루했다. 아들 내외는 신경 써서 잘해 주었지만, 야생에 깃든 짐승처럼 도시 생활은 적응이 쉽잖았다. 경로당도 가 보았으나 낯설기만 했다. 우길 씨한테 경로당은 어울리지도 않았다. 그냥 손 놓고 부지하세월로 날을 죽이는 게 고작이니 체질적으로 맞지 않았다. 별수 없이 혼자서 이곳저곳 돌아다닐 수밖에 없었다. 조심스럽게 집 주변을 돌아다니다가 점점 반경을 넓혀 갔다. 공원에도 가고 유원지나 가까운 산에도 다녔다. 그러나 마음은 언제나 고향 마을에 가 있었다.

아들네로 온 지도 일 년이 지날 즈음이었다. 이제는

적응되었을 법한데도 여전히 답답한 느낌을 지울 수 없었다. 그래도 저녁이면 거실에서 가족과 함께 텔레비전을 볼 정도는 되었다. 우길 씨가 보는 건 뉴스 시간으로 한정돼 있었다. 드라마나 쇼 프로그램은 낯간지러워 볼 수가 없었다. 시끄럽고 정신도 없었다. 때론 민망하기도 했다. 뉴스만 본 뒤 슬그머니 방으로 들어가거나 밖으로 나가 공원을 한 바퀴 돌다 들어오곤 했다.

그날은 아들 내외가 외출하고 없었다. 우길 씨는 거실에서 손녀와 함께 뉴스를 봤다. 광우병 쇠고기 수입 관련 뉴스가 삼십 분 넘게 계속되었다. 수입 반대 시위는 농민이 아니라 어린 학생들이 앞장서고 있는 게 특이했다. 일반적 소 파동이 아니라 미친 소 파동이라는 것도 기이했다.

"웬 미친 소여?"

"할아버지, 미국 소가 먹는 사료는 옥수수나 밀이 아니라 동물성 사료래요."

"동물성 사료?"

"말하자면 소 내장이나 가죽, 뼈 같은 걸 갈아서 먹이는 거예요. 빨리 살찌워서 팔려고요."

"어찌 소 팔자가 이 지경이 된 겨. 자기들 살과 뼈를 먹는다는 겨? 사람이 사람 괴기 먹는 거나 마찬가지 아녀, 소 세상 말세로구만. 그러니 소가 안 미치고 배겨."

우길 씨는 한탄했다. 최 서방 큰아들이 농약 먹고 자살했을 때는 대통령 동생 때문이었다. 이번에도 대통령 때문에 일어난 소동이었다.

"어째서 대통령들이 하나같이 소 하나 잘못 다스려 이런 사달을 내는 겨. 소가 무신 죄를 지었다구."

손녀딸은 한탄하는 우길 씨를 바라보며 말했다.

"할아버지 말이 맞아요. 할아버지처럼 소를 사랑하는 분이 가만히 있으면 안 돼요."

우길 씨는 불끈하고 치솟는 어떤 힘을 느꼈다. 소 농사를 포기하고 도시의 아들네 집으로 들어온 이후 처음이었다. 소를 키우던 시절의 고향이 어른거렸다. 소와 함께 소처럼 일하던 시절이 사무치게 그리웠다. 달구지를 끌고 비탈길을 올라챌 때 앞다리에 힘을 주던 황소가 된 기분이었다. 거친 숨을 내뱉으며 우렁차게 소리치는 황소의 외침이 들려오는 것 같아 가슴이 먹먹했다.

우길 씨는 지금껏 한 번도 나랏일에 저항해 보지 못했다. 괜히 그런 일에 나서면 역적이라도 되는 듯, 근원적인 두려움이 있었다. 나랏일이 못마땅해도 그러려니 하고 넘어가거나 시키는 일이면 마뜩잖아도 무작정 따랐다. 그러나 이번에는 달랐다. 소 파동으로 농약 먹고 자살한 최 서방 큰아들의 무참했던 형상과 돼지처럼 먹고 자며 살만 찌우는 소들의 모습이 겹쳐 보이면서 우길 씨는 자기도 모르게 두 주먹을 불끈 쥐었다.

　다음 날 손녀를 따라나선 우길 씨는 텔레비전으로만 보던 시위 장소에 자신이 직접 와 있다는 게 감격스러웠다. 어린 학생들을 비롯해 모여든 사람들은 하나같이 촛불을 들고 있었다. 촛불을 들고 앉거나 서서 외치는 그들이 우길 씨 눈엔 드넓은 풀밭으로 나온 소 떼처럼 보였다. 불그레한 소들이 길게 목을 빼고 소리 지르는 것 같았다. 우길 씨도 황소의 울음처럼 길고 크게 외쳤다. 촛불을 든 손도 황소의 앞발처럼 힘차게 내뻗고 있었다.

# 밥

아버지가 쌀농사 지을 때는 그 과정을 다 설명하기 힘들 정도
였다. 쌀밥 한 그릇 먹기 위해 들여야 했던 정성과 일손은 안
타까울 정도로 고단했다. 메말랐던 논에 물을 채우면 둑새풀
이 돋아나고 개구리가 알을 낳았다. 봄이 오고 농사철이 시작
된다는 신호였다. 아버지는 퇴비를 뿌리고 어머니는 소금물에
볍씨를 담가 쭉정이를 골라내는 일부터 시작했다. 논을 갈아
엎고 논두렁을 손질하고 모판을 만들었다.

"쌀 떨어졌냐. 밥 좀 더 줘라."

식탁 맞은편에 앉아 밥을 먹던 어머니의 말에 아내의 표정이 샐쭉해진다.

"남자 밥그릇이 그게 뭐여. 장정 밥그릇이 저게 뭐여."

앞의 그게 뭐여는 내 밥그릇이고 뒤의 저게 뭐여는 아들 밥그릇을 두고 하는 말이다. 매번은 아니지만 밥때만 되면 무시로 흘러나오는 어머니의 잔소리에 식사 분위기는 묘해진다. 나는 어머니의 말에 과민반응을 보이는 아내와 자식들이 못마땅하다. 아내는 밥을 조금만 푸라는 남편과 아들의 의견을 따랐을 뿐인데 시어머니에게 책망을 들으니 억울한 표정이다. 아들은 할머니가 또 밥 타령이라며 머리를 흔든다. 딸은 내 눈치를 보면서 할머니 몰래 소리 죽여 웃는다.

어머니의 인생에서 밥이 차지하는 비중이 얼마인지 아는 사람은 나뿐이다. 가족 중 누구도 어머니의 밥에 대한 한과 집념을 나만큼 공감하기란 쉽지 않을 터이다. 밥그릇의 크기를 비교한 경험은 더더욱 없다. 아들이 대여섯 살 때 동생보다 왜 자기 밥그릇이 크냐고 투정 부린 적은 있었어도 밥을 조금 퍼 주었다고 투정한 적은 없었다.

어머니의 말대로 요즘은 먹을 게 넘쳐나서 탈이다.

티브이에서도 먹자판이 대세다. 맛집, 시골 밥상, 임금님 밥상, 명의 밥상, 천년의 밥상, 웰빙 식품, 다이어트 식품, 각종 건강식품에 대한 프로그램과 광고로 정신이 없다. 온 나라가 먹을거리로 난리법석이다. 더 맛있는 것을 먹기 위해, 더 건강한 음식을 먹기 위해 하는 짓들이 점입가경이다.

"먹는 것 갖고 별짓들을 다 햐. 먹을 거 천지여, 징그럽게도 많어."

어머니의 징그럽다는 말이 예사롭게 들리지 않는다. 음식을 두고 요상하게 꾸미고 장식하는 모양을 보면 어머니의 말이 이해가 간다.

"옛날에는 워째서 고러키 먹을 게 없었디야."

먹을 게 부족하던 시절을 두고 어머니 이야기는 시작된다. 녹음기처럼 똑같은 말들이 재생된다.

"동짓달 초여드레 날, 쌀 두 말에 밥그릇 숟가락 몇 개 갖고 살림 났어."

그렇게 시작되는 어머니의 살림살이 얘기는 내가 초등학교 때부터 수없이 들어온 말이다.

1941년은 패망을 앞둔 일제가 발악하던 때였다. 온갖 공출로 쌀 한 톨까지 빼앗기고 배급으로 연명하던 시절이었다. 오죽했으랴. 넉넉지 못한 큰댁에서 함께 살던 부모님은 할아버지, 고모와 함께 얼마간의 빚을 떠안고 허름한 집으로 살림을 났다. 좁아터진 집에서 대가족이 복닥거리고 살아가는 것보다 독립하여 살아가는 편이 나을 것이라는 희망 섞인 결정이었다. 어머니는 지금도 할아버지와 할머니를 따로 떼어 모시고 분가한 것을 두고두고 한탄했다. 분가한 곳이 이웃 마을이었으나 얼마나 어려운 지경이었으면 할머니는 큰댁에 할아버지는 셋째아들인 아버지를 따라 분가하게 되었을지 짐작이 간다.

분가하기 전까지는 조부모, 큰백부 세 식구, 둘째 백부 두 식구, 셋째인 부모님, 결혼하지 않은 삼촌 둘, 고모 한 분이 함께 살았다. 대가족이었다. 그 시절 밥 먹던 얘기를 귀에 못 박히듯 들었다.

"남정네들 밥상 차려 주고 며느리 셋에 시누이까지 앉아 시커먼 보리밥 두어 덩이에 푸성귀 넣은 비빔밥… 기가 막혀서. 그것두 두세 숟갈 뜨면 읎어."

한창 먹을 나이의 네 여인이 부엌 바닥에 쭈그리고 앉아 빈 양푼을 바라보고 있는 모습을 상상해 보라. 어머니는 매번 그 대목에 가서 목이 메는 듯 보였다. 그러나 자주 반복하다 보니 단련되었을까, 나중엔 기막힌다는 말에만 감정을 넣어 번번이 기막혀 했다.

"막냇삼촌 소핵교 다닐 때여. 양달에서 광정까지 이십 리 길을 집세기 삼아 신고 핵교를 다녔어."

먼 길을 걷고 달려서 그런지 달리기도 공부도 일등을 놓치지 않았다고 한다. 도시락을 싸 가지 못한 막내아들에게 조금이라도 더 빨리 밥을 먹이려고 할머니는 밥을 싸 들고 길을 나서서 길에서 밥을 먹였다고 한다. 덕분에 삼촌은 소학교만 나오고도 아버지 형제 중 유일하게 공무원으로 입신하여 집안의 자랑이 되었다.

"막냇삼촌은 밥을 후딱 먹어 치우고 숟가락을 놓지 못햐. 그냥 맨 숟가락으로 빈 밥그릇을 긁어대고 그랴. 그러다가 할머니 쪽을 쳐다보고 맨 숟가락을 그냥 혓바닥으로 빠는 겨. 보다 못한 할머니가 자신도 모자라는 밥을 덜어 삼촌 밥그릇에 떠 넣지. 큰엄니는 부엌에서 설거지할 때마다 그런 삼촌을 흉봐. 밥그릇 비웠으면 숟가락 딱 놓고 일어서지, 왜 숟가락 빨아대며 지 에미 밥그릇을 넘보냐고."

지난해 막냇삼촌이 돌아가셨다는 소식을 듣고 어머니는 불쌍한 삼촌이라며 눈물을 글썽였다. 어머니에게 막냇삼촌은 이십 리 길을 걸어서 학교 다니고, 제대로 먹지 못해 좀처럼 숟가락을 놓지 못하던 모습으로 남아 있는 거였다. 유독 삼촌에게 애틋한 정을 갖고 있던 어머니는 삼촌의 영정 앞에서 슬픔을 감추지 않고 곡을 했다. 이제는 그 삼촌의 아내와 어머니만이 살아 있다. 어머니는 당신이 너무 오래 살았다는 말을 가끔 하지만 아직 밥공기 양을 줄일 생각은 없는 모양이다.

"당최 입맛이 없어. 이빨이 선찮으니 무얼 맘대로 씹어 먹을 수 있나, 속은 왜 이리 더부룩한지."

틀니를 하려면 이를 빼야 하는데 지금의 나이로는 위험한 시술이라고 치과에서도 권하지 않았다. 소화도 안 되고 변비가 있어 양껏 먹을 수도 없다고 하소연한다. 조금만 매워도 먹지를 못하고 모래 씹는 맛이라고 했다. 몇 년 전만 해도 삼겹살을 상추에 싸서 먹었으나, 지금은 먹는 게 오직 밥뿐이다. 국이 입에 맞으면 다행이고 국이 입에 맞지 않으면 물에 말아 간장이나 된장을 찍어 먹었다. 곰국도 끓여 드리고 요즘 유행하는 죽도 끓여 드렸다. 그러나 죽은 입도 대지 않았다.

"죽이라면 지겹다. 보리쌀 한 줌 넣고, 밀기울에 푸성귀 넣고 끓인 죽, 그것도 배부르게 먹었으면 좋게. 그것도 모자라서 허발을 했으니, 참 지랄이지."

오죽했으면 지랄이라는 극단적 표현까지 쓰는가 싶어 그때의 심경이 이해되고도 남는다. 그때의 꿈은 하얀 쌀밥을 커다란 사발에 그득 담아 먹어 보는 거였다고 한다. 맛난 반찬이 문제가 아니었다. 기름이 자르르 흐르는 쌀밥만 있으면 그만이었다. 쌀밥만 있으면 김치보시기나 그것도 없으면 간장만 있어도 되었다. 김이 모락모락 나는 흰쌀밥을 배부르게 먹을 수만 있으면 되었다. 그러나 그 시절 그건 꿈이었다. 제사나 어르신 생일을 제외하고는 쌀밥을 구경하기 힘들었다. 공출로 쌀이 귀할 때 할아버지 할머니의 생신에 쌀밥을 해 드리고자 쌀을 장롱 안에 감추어 두었다는 얘기도 수없이 들었다.

쌀밥 얘기라면 나도 있다. 초등학교 다닐 무렵이었다. 꽁보리밥을 먹던 때도 어머니는 가족의 생일이면 쌀밥에 미역국을 끓여 주었다. 내 생일은 쌀이 귀한 팔월 말이었다. 어머니는 내 생일을 놓쳤다. 나도 내 생일을 잊고 지나갔다. 생일이 지난 며칠 후였다.

"이런, 영수 생일이 그저껜디 그냥 지나갔구먼. 내년 생일에는 틀림없이 쌀밥 해 주게."

차라리 말이나 하지 않았으면 그냥 모르고 지나갔을 것을. 나는 설움이 복받쳐 울음을 터뜨렸다. 꼭 쌀밥을 먹지 못해서가 아니었다. 그냥 지나쳐 버린 생일의 상실감이 지금도 쌀밥 한 그릇의 잔영으로 남아 있다. 쌀이 떨어져 보리밥만 먹던 늦여름엔 쌀밥을 먹을 수 있는 날을 고대했다. 길을 걷다가 벼 이삭이 팬 것을 보면 득달같이 달려가 어머니에게 알려 주었다. 벼가 팬다는 칠석이 지나고 잘하면 추석 전에 햅쌀을 먹을 수 있었다. 햅쌀로 밥을 지어 고봉으로 푼 김이 나는 쌀밥을 정신없이 먹는 자식들을 부모님은 흐뭇한 모습으로 지켜보곤 했다.

추수가 끝나고 마루에 쌀가마가 쌓이고, 윗방에는 통가리에 고구마가 그득하고, 김장을 끝낸 항아리가 토담 밑에 즐비하게 늘어서면 마음이 푸근하고 든든했다. 기껏해야 배추와 무가 형태만 바꾼 배추김치, 깍두기, 총각김치, 동치미에 시래기된장국이 전부였지만, 그것들은 다 맛있었다.

"밥 션찮게 먹고, 아쉬우면 쭉쭉 뼈개 나온 동치미 남기지 않고 다 치웠어. 보릿고개 때는 김치도 없어 못 먹었어."

그렇게 좋아하던 김치도 어머니에게는 눈요깃감일 뿐이었다. 하지만 먹다 남은 김치 국물조차 버리는 것을 아까워했다. 어머니는 먹다 남긴 음식이 버려지는 것을 용납하지 않았다.

"쌀알이 수챗구멍으로 버려지면 베락 맞는다는 말이 있어. 어디라고 음식을 버려. 옛날에는 버릴 게 없었어."

아내는 그런 어머니의 간섭에 신경질을 낸다. 먹다 남긴 김치 국물도 버리지 말라니 요즘 며느리들이 수긍할 수 있겠는가. 어머니는 어느 친족 잔치에 가서 뷔페에서 버린 음식 쓰레기 얘기를 하며 기가 막혀 했다. 그 넘쳐나는 음식 쓰레기에 기가 질렸는지 두고두고 그 얘기를 했다.

"먹을 양만큼만 갖다 먹지, 잔뜩 담아 와 처먹지도 않고 죄다 버리는 것들. 나는 딱 먹을 만큼만 갖다 먹지 그런 짓 안 햐."

"남는 음식이 있어야 돼지도 먹고살지요."

내 말대답에 어머니는 뜨악한 표정을 지었다. 먹다 남긴 음식을 어쩌란 말인가. 남겨 놓았다가 다시 내면 벌금을 내야 한다고 말을 해도 어머니는 수긍하지 않았다. 어머니에게 먹는 음식을 버린다는 건 죄악이었다.

"요즘 젊은것들은 버리는 데 이골이 났어. 먹다 남은 흰쌀밥 폭 엎어 버리고, 냉장고에 처박아 두었던 음식 쓸어 버리고, 버리는 데는 선수들여."

구체적으로 누구라고 지목을 하지 않아도 젊은것들에 가장 근접한 인물은 며느리들일 것이다. 좋은 세상 살아가고 있는 며느리들의 살림과 어머니의 젊은 시절 살림을 어찌 비교할 수 있겠는가. 어머니가 살아온 세월은 이 나라 역사의 격동기였다. 왜정시대에 태어나 청춘을 보내고 육이오를 거쳐 지금까지 수많은 역사의 격랑에 휩쓸려 살아왔다. 그러나 정작 어머니에게 민족의 수난이나 이념의 갈등, 정치적인 풍파의 본질은 생존이었다. 특히 먹고사는 것이었다. 여름에는 보리밥을 겨울에는 쌀밥을 먹을 수만 있다면 누가 정권을 잡든 상관없었다. 남편과 자식들 등 따숩고 배부르면 그만이었다.

"왜정시대엔 웬 놈의 공출이 고러키 많은지 징글징글했어. 쌀, 보리에 목화 놋그릇 솥단지 새끼줄 가마니 송진 솔방울 마 고사리 싸리 껍질까지, 죄 뺏어 갔어. 나중에는 여자까지 공출해 갔어."

태평양 전쟁 말기였을 것이다. 최후의 발악으로 물자가 부족한 일제는 혈안이 되어 식민지를 착취했다. 특히 농촌에서는 하루 한 홉 분량을 제외한 모든 곡식을 빼앗아 갔다. 굶어도 관혼상제 의례는 철저히 지켰던 조상들은 그때를 대비해 곡식을 숨겨 두기도 했다.

"싸가지 없는 놈들. 신발도 벗지 않고 질겅질겅 그냥 방 안으로 들어와 들들 뒤졌어. 일본 순사는 말할 것도 없고 면서기들도 쇠꼬챙이 들고 다니매 부엌이고 마당이고 들쑤시고 다녔어. 에이구 징그러."

그러니 곡식이 귀할 수밖에 없었다. 하루 한 홉의 곡식에 만주에서 나온 콩깻묵이나, 강냉이에 푸성귀 넣고 끓인 멀건 죽을 훌훌 넘기는 게 다반사였다. 누렇게 부황진 얼굴에 추레한 옷을 걸친 그 시절 어머니들의 모습이 보이는 듯하다.

해방되고 논밭을 장만하여 살림살이가 나아졌지만, 그만큼 돈이 필요했다. 자식들을 가르쳐야 했기 때문이다. 넉넉지 않은 형편에도 부모의 교육열은 대단했다. 특히 아버지의 교육열은 차라리 염원이었다. 아버지는 가난한 집안의 형제들 틈에서 학교는 꿈도 꾸지 못했다. 큰백부는 향반의 맥을 이어받아야 했기 때문에 글을 읽고 한약방을 경영했다. 그 아래로 막내숙부만 소학교를 나왔을 뿐 다른 형제들은 일찍부터 농부가 되었다. 아버지는 야학으로 한글을 해득하고 가감산과 구구단을 익혔다. 그런 아버지의 꿈은 자식들 가르쳐서 출세시키는 것이었다. 최소한 자신처럼 농부로 만들지는 않겠다는 각오였다. 자식들을 가르치려면 목숨 같은 쌀을 내어 돈을 사야 했다. 곡식을 팔아 돈을 사는 것 말고 따로 돈 나올 구멍도 찾아야 했다. 봄가을로 양잠을 하고, 가축을 기르고, 품팔이, 뽕나무 접붙이기, 가마니 치기 같은 걸 했다. 아버지 말대로 도둑질 빼고는 뭐든지 했다.

덕분에 우리 형제들은 공부하라는 부모님 닦달에 늘 시달렸다. 밥은 충분히 먹을 수 있었다. 그런데도 간식거리가 풍족하지 못했기에 항상 걸신들린 듯 먹을 것을 탐했다. 부드럽고 새콤하고 바삭거리고, 때로는 끈적거리는 단맛을 탐했다. 그런 것들을 구하려면 돈이 필요했으나, 없는 게 돈이었다. 물론 단것을 구할 길이 아주 없는 건 아니었다. 한낮에 찾아오는 엿장수의 가위 소리만 들리면 무조건 달려 나갔다.

"유리병, 고무신 떨어진 거, 양은 냄비 찌그러진 거, 깨진 솥단지, 숟가락 부러진 거, 쟁기 보습 부러진 거, 다 받아요. 달고 차진 생강엿이 왔어요, 생강엿!"

둥구나무 밑에서 가위 소리에 리듬을 맞춰 가며 질러대는 엿장수의 타령은 우리 집까지 잘 들렸다. 엿장수는 돈 말고 고물도 받아 갔다. 특히 찌그러지거나 부러진 양은, 놋쇠, 무쇠 같은 금속류와 유리병이 일순위였다. 다음이 고무였다. 어떤 때는 고기잡이용이라며 고추씨도 받아 갔다. 고물을 갖다주면 엿장수 맘대로 엿을 잘라 주었고 우리는 주는 대로 받아먹었다. 요즘은 천지가 재활용품이라서 처치 곤란이지만, 그때만 해도 버릴 고물이 별로 없었다. 귀한 유리병은 석유나 기름병으로 활용했고, 구멍 난 냄비나 솥단지는 그것만 때우는 땜장이가 와서 때워 썼다. 아무리 뒤져도 내다 버릴 고물이 없었다. 살림살이가 그만큼 맑았던 것이다.

어느 날이었다. 다른 아이들은 어디서 뭘 주워 왔는지 저마다 입에 엿을 물었다. 그들은 끈적끈적한 단맛의 황홀경에 빠져 쉴 새 없이 쩝쩝거렸다. 나는 안달이 나서 집을 들들 뒤졌으나 고물 비슷한 것도 찾을 수 없었다. 할 수 없이 부엌으로 들어갔다. 부엌 수저통에는 누룽지를 긁는 놋숟가락이 있었다. 오랜 세월 사용한 탓에 반도 넘게 닳아 없어져 반월도 모양을 한 숟가락이었다. 그 숟가락을 들고 정신없이 달려 나가 엿장수에게 들이밀었다. 엿장수는 의심의 눈초리로 나를 꼬나보며 물었다.

"이거 어디서 났냐?"

"엄니가 줬슈."

"증말여?"

"야."

엿장수는 심히 의심스러운 듯 숟가락과 나를 번갈아 쳐다봤다. 이윽고 나의 애절한 눈빛에 마음이 약해졌는지 어른 손가락만큼 생강엿을 떼어 주었다. 입때껏 그렇게 굵직하고 실한 엿을 받아먹은 적은 없었다. 나는 누가 볼 새라 숨어서 이와 잇몸에 달라붙는 단맛의 황홀경에 푹 빠져들었다.

"요상혀. 누룽지 긁는 숟가락이 어디 간 겨?"

밥을 풀 때마다 어머니의 목소리에 간이 오그라드는 것만 같았다. 그럴 만도 한 게 밥 풀 때마다 어머니의 눈길이 내 쪽으로 향했기 때문이다. 나중에야 알게 된 거지만, 그 숟가락은 고물이 아니었다. 그 정도 닳을 정도면 최소한 몇십 년 이상 사용한 거였다. 그때 우리 집은 은빛 나는 스테인리스 숟가락을 사용하고 있었다. 놋숟가락은 몇 개 있었으나 고추장이나 된장 풀 때와 조리용으로 사용하고 밥 먹을 때는 사용하지 않았다. 다만 누룽지 숟가락은 달랐다. 아침저녁으로 누룽지를 긁고 숭늉을 만드는 중요한 도구가 놋숟가락이었다. 어머니는 솥 바닥에 붙어 있는 누룽지를 허술하게 처리하지 않았다. 알맞게 눌은 누룽지는 자식들 간식용이거나 다시 물을 부어 숭

능을 만들었다. 밥알 하나라도 수채로 버리는 걸 용납하지 않았다.

그런 어머니한테 내 소행이 발각된 건 아랫집 명철 어머니의 밀고 때문이었다. 어머니는 기어코 그 엿장수에게 누룽지 숟가락을 되돌려받았다. 나는 집안의 멀쩡한 물건을, 그것도 부엌살림을 빼돌린 흉악한 놈으로 낙인찍혀 한동안 고개를 들지 못했다. 그러나 그렇게 혼나고도 엿장수 가위질 소리만 들리면 다시 집 안을 뒤지기 시작했다. 지난번 일로 놋숟가락은 다른 고물과는 비교할 수 없을 정도로 엿을 많이 준다는 사실을 알게 되었다. 이번엔 수저통을 뒤졌다. 누룽지 숟가락 대신 가장 오래된 듯한 놋숟가락을 들고 나갔다. 누룽지 숟가락 사건으로 어머니한테 호되게 항의 받은 적 있는 엿장수는 한쪽 눈부터 찡그렸다.

"이거 어디서 났냐?"

"주셨슈."

"어디서?"

"우리 집 부엌유."

"느이 집 부엌에서 주워?"

엿장수는 배꼽 빠지게 웃었다.

"느이 엄니하구 함께 오면 엿 주지."

"우리 엄니 밭에 가구 없는듀."

"야, 이눔아, 이건 누가 봐도 멀쩡한 숟갈 아녀? 내 눈이 해태 눈인 줄 아냐. 그러지 말고 아주 솥단지를 빼 오지 그랴."

아무리 엿장수라도 고물이 아닌 것은 받지 않았다. 단골 엿장수는 뉘 집에서 어떤 고물이 나오는지, 그 집에서 엿을 바꿔 먹는 주 고객이 누구인지 뚜르르 꿰고 있었다.

나는 단념하지 않았다. 멀쩡하다면 고물로 만들면 되었다. 집으로 돌아와 돌멩이로 숟가락 가운데를 두들겼다. 흠집이 생겼다. 엿장수는 잠시 살펴보더니 숟가락을 도로 내주면서 손사래를 쳤다.

그날 저녁 어머니가 그 숟가락을 들고 현장 검증에 나섰다. 엿장수의 귀띔으로 사건의 전모를 파악한 어머니는 가족들이 보는 앞에서 내 죄를 확인시켰다. 나는 하나도 빠짐없이 자백해야 했다. 돌멩이로 숟가락을 두들기는 시늉까지 해야 했다. 부모님은 기가 막힌다는 표정으로 몇 번이나 더 그 행위를 시켰다. 언뜻 부모님이 마주 보고 웃는 것 같기도 했다.

"달고 맛있다고 다 몸에 좋은 게 아녀. 엿이나 사탕 먹어 봤자 그때뿐인 겨. 달짝지근한 맛으로 입을 속이는 거여. 별 영양가도 없고 몸에도 안 좋아. 그저 밥이 보약여. 삼시 세끼 밥 잘 먹으면 되는 겨."

아버지는 매운 풋고추를 썰어 넣고 얼큰하게 끓인 된장국을 휘휘 저으며 말했다. 아버지는 그때 이미 한창 떠들고 있는 가공식품에 대한 비판의식이 확실했다. 그러나 나는 아니었다. 풋고추를 넣은 뜨거운 된장국, 강낭콩을 넣은 보리밥, 김치찌개 속 돼지비계, 식어서 불어 터진 칼국수, 신 김치를 싫어했다.

"배부른 소리 하구 있네. 저런 놈은 몇 달이고 멀건 시래기죽만 멕여야 하는디."

밥투정하는 나를 두고 아버지는 혀를 찼다. 일제와 한국전쟁을 겪은 아버지에게 밥은 인생의 전부였다. 부모, 처자식 밥 굶기지 않으려고 등골 빠지게 일해 왔다. 뼈 빠지게 힘든 농사일 하지 않으려면 공부 열심히 하라는 부모님의 노래가 아니어도 나는 어릴 때부터 농부가 되고 싶은 생각은 눈곱만치도 없었다. 어린 내가 보아도 농사일은 힘들었다. 지게를 지고 집으로 돌아오는 아버지의 시커멓게 탄 얼굴에는 땀이 마를 날이 없었다. 어머니는 아버지가 농사짓던 때의 고단함을 얘기하며 지금 농사는 일도 아니라고 한숨 쉬듯 말했다.

"지금은 농사짓기가 얼마나 편햐. 못자리도 남이 해줘. 모내기도 기계로 허지. 농약 몇 번 뿌리는 거 빼고는 김을 매나 피사리를 하나, 마당질할 것도 없이 그냥 논에서 타작해 부대에 담아 딱 실어다 주니 얼마나 좋아. 존 시상여."

아버지가 쌀농사 지을 때는 그 과정을 다 설명하기 힘들 정도였다. 쌀밥 한 그릇 먹기 위해 들여야 했던 정성과 일손은 안타까울 정도로 고단했다. 메말랐던 논에 물을 채우면 둑새풀이 돋아나고 개구리가 알을 낳았다. 봄이 오고 농사철이 시작된다는 신호였다. 아버지는 퇴비를 뿌리고 어머니는 소금물에 볍씨를 담가 쭉정이를 골라내는 일부터 시작했다. 논을 갈아엎고 논두렁을 손질하고 모판을 만들었다. 그 모판에 볍씨를 뿌리면 못자리 작업이 끝났다.

모내기하는 날은 새벽에 국수로 해장을 하고 모판의 모를 쪘다. 모를 찐다는 말은 모판의 모를 뽑아 적당한 묶음으로 묶는 것을 말한다. 아침은 해가 산머리 위로 오를 때쯤 정식으로 먹었다. 새벽 해장과 저녁은 집에서 먹지만, 아침, 새참, 점심, 새참 네 끼는 논으로 밥을 내가야 했다. 이웃 아낙네들이 모여 함께 음식을 장만해 밥과 찬 광주리와 국, 물, 술을 담은 양동이나 주전자를 들고 논으로 내갔다. 평소에는 먹지 못하던 꽁치구이와 두부전은 물론이고 집에서 만들 수 있는 찬이란 찬은 다 내갔다. 일꾼들은 종그래기에 밥과 국을 그득하게 떠서 푸짐하게 먹었다. 물론 막걸리는 필수였다. 새벽 해장부터 마신 막걸리로 얼근해져야 힘든 줄 모르고 흥이 나서 즐겁게 일할 수 있기 때문이었다.

모내기가 끝나고 며칠 후에는 뜬 모 작업을 해야 했다. 혹여 제대로 꽂히지 않고 떠 있는 모를 찾아 다시 꽂아 주는 일이었다. 드디어 모가 뿌리를 내리면 서너 차례에 걸쳐 김매기를 했다. 김매기 역시 많은 일꾼이 필요하다. 비료도 몇 차례는 뿌려 줘야 한다. 관개시설이나 양수기가 제대로 보급되지 않던 시절이었기에 가뭄이 들면 심각한 물싸움도 난다. 논바닥이 타들어 가는 꼴을 내년 보살하고 앉아서 기다릴 수 없는 처지인 거였다. 한줄기 물이라도 더 자기 논에 대기 위해 밤새워 가며 물꼬를 지켰다. 뒤뜰의 논 구석에는 그런 가뭄에 대비해 파 놓은 우물이 있었다. 비가 내리지 않아 물이 부족하면 우물에서 논으로 물을 품었다. 사각기둥 모양의 양동이를 위쪽 면만 45도 각으로 잘라낸 물바가지에 양쪽으로 두 줄을 매어 두 사람이 짝을 지어 물을 퍼 올리는 작업이었다. 주로 아버지와 어머니, 아버지와 형이 짝을 지어 물을 품었다. 나도 제법 기술을 익혀 아버지와 짝을 지어 물을 품기도 했다. 아버지는 물을 품어 올릴 때마다 노랫가락처럼 수를 세었다. 밤에도 등불을 켜 놓고 물을 품었다. 지금도 개구리 울음소리 가득한 논에서 밤에 물을 품어 올리던 기억을 떠올리면, 아버지의 수를 세던 노랫가락이 소쩍새 울음소리에 섞여 들려오는 듯하다.

오뉴월이 지나고 땡볕의 칠팔월이 되면 모는 짙은 초록의 칼끝 같은 벼 줄기로 자랐다. 그때쯤이면 피사리도 필수였다. 아버지는 틈나는 대로 피를 뽑았다. 쉽지 않은 일이었다. 가장 뜨거운 땡볕 아래였기에 그랬다. 여름 방학이 되면 아버지는 그런 논으로 나를 데려가 잡초도 뽑고 피사리도 시켰다. 나는 피사리가 딱 질색이었다. 허리까지 오를 만큼 자란 벼를 헤치고 벼와 구분하기 힘든 피를 골라 뽑는 일은 따갑고 끈적끈적하고 지긋지긋한 일이었다. 당연히 요리조리 꾀를 부렸다.

칠석이 되면 벼 이삭이 나오고 벼꽃이 피었다. 드디어

결실의 계절이 임박한 것이었다. 가을빛이 짙어지면서 하루가 다르게 황금빛으로 변하는 들판을 보면 어린 나도 가슴이 뿌듯했다. 그렇다고 마냥 하세월로 보낼 수는 없는 일이었다. 고놈의 참새 때문이었다. 학교가 파하면 들에 나가 새를 봐야 했다. 허수아비를 놀리듯 참새들은 떼를 지어 날아다니며 벼 이삭을 쪼았다. 그런 참새를 쫓다가 지겨워지면 메뚜기도 잡고 콩 서리도 했다.

벼 베기가 시작되면 본격적인 추수기에 접어든 거였다. 베어 놓은 벼를 단으로 묶어 논바닥에 세워 놓았다. 농지 정리가 안 된 때라 볏단은 모두 지게로 져 날랐다. 추수는 벼를 털고 마당질을 하는 것으로 끝났다. 하긴 마당질이 끝난 후에도 부모님은 벼 검불을 날려 한 줌의 알곡이라도 더 얻기 위해 애를 썼다.

장황하게 늘어놓은 벼농사의 과정일망정 어찌 다 설파했으랴. 한 그릇의 쌀밥을 얻기 위해 부모님이 들인 정성을 아는 터라 나는 어머니의 밥 타령을 이해하고도 남았다. 어머니에게 밥은 사랑하는 아버지의 피와 땀이었다. 어머니의 표현대로 아버지가 뼈 빠지게 일해서 얻은 대가였다. 두 분의 인생 그 자체였다.

"생각만 해도 징그러워."

벼농사의 과정을 수없이 반복해서 이야기하며 어머니는 힘들어서 징그럽다고 했다. 하지만 아버지와 함께한 그 시절을 어찌 꿈엔들 잊겠는가. 어머니는 그때가 너무 사무치게 그리워서, 돌아가신 아버지가 너무 그리워서 밥 타령을 하고 계신 거라는 것쯤 나는 알고 있었다.

"밥 좀 많이 먹어라. 밥그릇이 그게 뭐냐. 요즘 쌀처럼 싼 게 어디 있다구."

요즘 쌀값을 옛날과 비교하면서 어머니는 한탄한다. 그 시절엔 아버지가 하천을 막아 신작로 내는 작업장에서 온종일 일한 품삯이 쌀 반 되 값도 안 되었다고 한다. 고지 쌀 한 말을 먹으면 보름도 넘게 품을 팔아야 했다. 뒤뜰 논에 모를 내는 날이었다. 그날 어머니는 밥을 내갔다. 아버지는 안 계시고 할아버지와 글만 읽는 큰아버지가 모를 내고 있었다고 한다. 고지 쌀을 준 명철 할아버지가 자기네 모를 내야 한다고 아버지를 끌고 갔단다. 어머니는 논두렁에서 하염없이 눈물 흘렸다고 했다. 그 시절엔 쌀 한 말 값이 그렇게나 컸다. 그러니 손녀딸이 아르바이트로 벌어 온 하루 품삯이 쌀 몇 말 값도 더 된다는 사실을 알고 어머니는 요즘 쌀값이 왜 이 지경이냐고 기막혀 했다.

커다란 사발에 고봉으로 푼 밥을 먹던 자식들이 당신 곁을 떠난 후, 지금은 비할 바도 아닌 작은 공기에 그나마 반도 안 되게 밥을 먹는 꼴을 보자니 한심했을 것이다. 구십이 넘는 어미만큼도 밥을 먹지 않는 아들의 밥그릇이 걱정스러운지 매번 자신의 밥그릇에서 밥을 떠내 그릇에 넣어 주려고 한다. 그럴 때마다 밥에 대한 어머니의 집념에 짜증이 나는 것도 사실이다. 이제는 그만해도 될 법한데 어머니의 밥 타령은 여전하다.

올겨울은 유난히 춥고 길었다. 봄이 왜 이리 더디 오는가. 무사히 환절기를 넘기나 싶었는데, 어머니는 감기에 걸리고 말았다. 보통 감기가 아니라 맥박이 불규칙하게 뛰는 부정맥과 심한 기침을 동반한 독감이었다.

"밥맛이 없어. 밥이 안 넘어가."

앓는 소리를 하며 숟가락을 놓는 어머니의 모습을 보자니 겁이 덜컥 났다. 밥이 안 넘어간다니? 아무리 편찮아도 끼니는 빼놓지 않던 어머니였다. 밥이 아니면 죽이라도 들었다. 그런 어머니가 며칠 동안 밥을 넘기지 않는다는 건 불길한 조짐이었다. 아니 밥을 먹지 못한다는 건 목숨을 이어 가지 못한다는 것을 의미했다.

겁이 났다. 올봄엔 유난히 지인들의 부고 소식도 잦았

다. 그러나 어머니의 죽음만큼은 도저히 받아들일 수 없었다. 날씨가 따뜻해지면 털고 일어날 것이라는 믿음을 버릴 수 없었다.

어머니는 벌써 며칠째 밥을 먹지 못한다. 죽이나 음료를 간신히 넘길 정도다. 영양주사라도 놔 주려고 병원에 가자고 해도 필요 없다고 버틴다. 온몸이 아프다며 간신히 숟가락을 들고 있다가 밥그릇을 물리는 어머니의 안색이 말이 아니다. 언제 저렇게 늙었을까. 주름과 검은 반점으로 얼룩진 어머니의 얼굴에 고향의 들이 묻어 있는 것만 같다. 아버지와 어머니가 농사를 짓던 들도 어머니처럼 늙어 가고 있을까. 아니 흙은 늙지 않는다, 어머니의 밥처럼. 어머니의 흙은 늙지 않는다. 그냥 고향에 있을 뿐이다. 나는 어머니가 밀어 둔 밥그릇을 가져와 김치를 얹어 허겁지겁 먹기 시작한다. 봐요, 어머니, 나 밥 잘 먹지요! 어머니도 빨리 밥 좀 드시라고요!

## 안개 속으로

나는 안개 속에서 장산곶 쪽으로 떠가는 여자의 모습을 떠올려 보았다. 파도에 휩쓸려 떠가는 것이 아니라 허리 아래만 물에 잠겨 떠가는 모습이 보이는 것 같았다. 남자를 향한 그리움으로 여자는 막힌 용기포 선착장 대신 가까이 보이는 장산곶을 택한 거라고 결론을 짓고 싶었다.

여자는 내 곁을 지나치면서 히죽 웃었다. 무언가 골똘히 생각에 잠긴, 저 혼자 웃는 그런 웃음이었다. 나는 안개 속에서 그 여자의 고요한 걸음걸이와 얼굴에 번지는 웃음을 일별했다. 머리가 쭈뼛했다. 초저녁 안개 속에서 본 여자는 동네 아줌마들과는 무언가 달라 보였다. 여자가 히죽 웃으며 지나칠 때의 느낌은 안개 속에서 불쑥 나타난 것 이상으로 섬뜩했다.

안개가 풀풀 날리는 날이면 하늬바다로 이어지는 들길에서 심심찮게 여자를 볼 수 있었다. 여자는 히죽거리는 것만이 아니라 혼자 중얼거리면서 지나치기도 했다. 보통 이상의 체형인 여자는 밝은 곳에선 더욱 큼직해 보였다. 걸음걸이는 초저녁 안개 속에서 보았을 때와 별반 다르지 않았다. 미끄러지듯 조심스럽고 고요했다. 팔과 허리의 움직임이 없고 다리만 조용히 움직이는 걸음걸이였다.

여자는 전체적으로 살이 올라 어깨와 목이 굵었다. 커트 머리는 숱이 많아 얼굴이 커 보였다. 잘 먹되 활동량이 적은 전형적인 중년 여성의 모습이었다. 이목구비는 그런대로 반듯했으나 약간 들뜬 멍한 얼굴이었다. 언뜻 스치면서 본 얼굴은 텅 빈 무심한 표정이었다.

그 밖에 여자를 떠올릴 때 빠트릴 수 없는 건 그녀의

옷차림이었다. 윗옷은 평범한 티셔츠였으나 치마가 특이했다. 흰 바탕에 진홍빛 꽃무늬가 선명한 긴치마를 입고 있었다. 휘감았다고 표현해야 적절할 정도로 치렁치렁한 긴치마였다. 물결치듯 일렁이는 초록빛 보리밭 사이로 철에 어울리지 않는 치맛자락을 펄럭이며 걸어오는 모습은 어딘가에 정신을 빼 놓고 몸만 이동하는 듯한 느낌을 주었다.

자원해서 섬으로 들어온 지는 두 달이 지났다. 그런대로 혼자 사는 일에 익숙해져 섬 생활을 즐기는 여유도 생겼다. 섬으로 유배되듯 떠나왔지만, 어디나 사람 사는 꼴이 고만고만하니 쉽게 적응할 수 있었던 거였다. 여자가 내 관심을 끈 것은 그 무렵이었다. 계기는 직원 친목 행사로 가진 술자리에서였다. 안개 속에서 여자 때문에 놀란 얘기를 꺼냈다. 마침 이곳이 고향인 부장이 언젠가는 물어 올 줄 알았다는 표정을 지으며 잔을 기울였다.

이 섬에서 술 마시는 전통 중 특이한 것은 잔을 하나만 돌리는 것이었다. 뱅뱅 도는 술잔 하나로 똑같이 마시다가 감당하기 어려우면 하나둘씩 빠졌다. 마지막에는 단둘이 마시다가 술이 떨어지거나 어느 한쪽이 술잔을 엎으면 끝이었다.

부장은 술잔을 날렵하게 다음 사람한테 넘기고 그 얘기라면 나만큼 아는 사람이 없을 거라는 표정을 지었다. 이곳에서 나고 자란 부장은 섬의 역사와 풍토는 물론이고 섬에서 일어난 크고 작은 사건까지 거의 통달했다. 그는 미리 준비한 것처럼 여자의 얘기를 꺼냈다.

"백령도에서 그 여자 모르면 간첩이지."

"그렇게 유명해요?"

"그 여자보다는 그 여자 사랑 얘기가 유명해."

여자는 이곳 고등학교를 졸업하고 그때 막 생기기 시작한 초등학교 과학 조교가 되었다. 때맞추어 갓 대학을 졸업한 젊은 선생이 부임해 왔다. 막 고교를 졸업한 풋풋한 섬 아가씨와 철새 따라 찾아온 젊은 선생은 이미자의 '섬마을 선생님'처럼 사랑하게 되었다. 위도 37도 59분의 서해 최북단 외로운 섬 백령도는 두 사람의 만남을 위한 더없는 환경이었다. 심지어 대지가 막 새 기운으로 꿈틀대는 봄이었다. 이런저런 조건을 고루 갖춘 곳에서 두 젊은 남녀가 만난 것 자체가 운명이었다. 사랑에 빠지지 않을 수 없었다. 여자는 매끈하고 늘씬했으며 크고 시원한 눈망울을 갖고 있었다. 남자는 단단한 몸매에 눈썹이 짙고 운동을 좋아하는 쾌남아였다. 둘은 서로 첫눈에 반해버렸다. 금세 남들의 입방아에 오르내리는 사이가 되었다. 둘 사이를 두고 수군대기는 했으나, 악의는 없었다. 누가 보아도 잘 어울리는 오누이 같은 한 쌍이었기 때문이다. 섬사람들은 부러운 시선으로 둘의 사랑을 지켜보았다.

젊은 선생은 꾸밈이 없고 솔직했다. 순수하고 열정적인 데다 불의를 보면 못 견뎌 하는 성격이었다. 언제든 할 말은 하는 성격이었다. 그런 성격 때문에 관리직과 갈등을 빚기도 했으나 동료 교사, 학생, 학부모 들이 그를 좋아했다. 여자 또한 고운 외모 말고도 심성이 곱고 밝았다. 성장한 아들을 둔 부모들이나 섬 청년들 모두 눈독을 들일 만큼 인기 있었다.

둘은 하늬바다를 좋아했다. 눈부신 햇빛이 쏟아지는 하늬바다를 자주 걸었다. 때론 아이들과 동행하여 새 떼처럼 몰려다녔다. 그런 모습을 보는 마을 사람들의 입가엔 절로 흐뭇한 웃음이 번졌다. 하루하루가 축복이었다.

그러나 칠십년대 말이었고, 정확히는 1979년이었고, 참으로 가혹한 시절이었다. 파란의 삶이 누구에게나 닥칠 수 있는 엄혹한 시절이었다. 섬의 요새화는 그 시작이었다. 이미 세워져 있는 철책마다 둘둘 말린 가시철망이 얹히는가 싶더니, 해변엔 끝이 날카로운 상륙 저지용 철빔이 즐비하게 곤두서기 시작했다. 사람의 접근을 근본적으로 막는 지뢰도 매설되었다. 낚시하고 굴 따던 하늬바다도 가시철망과 지뢰밭 저편으로 접근 불가의 해변이 되어 버렸다.

그러나 그 정도는 파란의 시작일 뿐이었다. 본격적으로 시커먼 파도가 둘에게 덮치기 시작한 건 이듬해 봄부터였다. 가시철망과 지뢰로 묶인 섬에 흉흉한 소식이 들려왔다. 텔레비전을 통해 전해지는 소식은 여자나 섬사람들과는 무관한 먼 남쪽 지방의 사태였다. 안개처럼 가시거리가 분명치 않은, 그냥 불길한 소문에 불과했다. 그러나 남자는 달랐다. 흥분하고 들뜬 남자의 얼굴은 복잡하게 변해 갔다. 여자는 남자의 표정에서 차마 삭이지 못하는 어떤 분노를 보았다.

"서울의 봄, 광주항쟁 그 어름이겠지요?"

"그렇지. 그때 나는 인천에서 근무했어. 이곳에서 일어난 일은 정작 나중에 들어서 알게 된 거야."

섬에 근무하는 공공기관 직원들과 이장들, 면내 유지

들이 한자리에 소집되었다. 면장, 교장, 파출소장, 조합장 같은 기관장들이 줄줄이 발언했다. 그들의 표정은 굳은 결의에 차 있었다. 그들은 강한 어조로 이 섬이 어떻게 살아남았는지 예를 들어 가며 열변을 토했다. 한국전쟁 때 정규전은 없었으나 딱벌단, 백골단, 서북청년단과 옹진 학도유격대가 피로써 지킨 섬임을 강조했다. 어디서 어떻게 조사하고 주워들었는지 군사 전략상 섬이 갖는 중요성에 대해서도 설파했다. 유언비어에 현혹되지 말고 새롭고 정의로운 대한민국 건설에 앞장서자, 사회 정의 실현을 위해 한데 힘을 모으자, 그렇고 그런 주장을 하면서 침을 튀겼다. 회의실에 모인 사람들은 하나같이 분위기에 휩쓸려 격앙되는 쪽이었다.

파출소장의 연설이 최고조로 치달을 때였다. 면사무소 회의실 미닫이문이 드르륵 열리는가 싶더니 누군가 밖으로 뛰쳐나갔다. 그리고 이내 쾅, 하고 문이 닫혔다. 하얗게 질린 파출소장의 얼굴이 급기야 분노로 이글이글 타올랐다. 문을 여닫는 소리가 요란했던 건 분명 격렬한 항의와 조소가 담긴 때문이었다.

"저런 놈이 선생이니 우리 사회가 제대로 돌아갑니까? 아주 본때를 보여 줘야 합니다, 안 그래요, 여러분!"

밖으로 뛰쳐나간 일로 남자에겐 먹구름이 드리워졌다. 그러나 그것만으로 그치지 않았다. 남자는 기어이 폭풍우를 불러들였다. 예비군 교육장에서였다.

그날 예비군 교육은 의례적인 예비군 교육과 달랐다. 섬 지역 기관장들과 면내 예비군이 다 모인 특별교육이었다. 그 첫 시간은 이 지역 해병여단장의 정신 교육이었다. 해병여단장은 일단 불순 세력들이 퍼뜨리는 유언비어에 현혹돼선 안 된다고 언성을 높였다. 지금 광주가 어떻더라는 유언비어에 속지 말자, 지금 광주엔 월남 패망 때처럼 간첩들이 들끓고 있다, 간첩들이 선동해서 약탈 방화 같은 폭력 사태가 걷잡을 수 없이 확대되고 있다, 선량한 시민들이 냉정을 찾아야 하는데 오히려 간첩의 선동에 동조하고 있는 꼴이다, 이럴 때일수록 일치단결하지 않으면 공산화는 시간문제다, 월남을 봐라, 월남을 봐라, 하고 입에 거품을 물었다.

정신 교육을 끝내면서 여단장은 질문을 받겠다고 했다. 경직된 분위기를 부드럽게 바꿔 보자는 심사인 듯싶었다. 그때 남자가 손을 들었다. 광주에 간첩이 들끓고 있다면 그동안 우리 군대는 뭘 했으며, 광주에 간첩이 들끓고 있다면 정부의 책임 아닌가. 그리고 월남은 망한 것이 아니라 통일되지 않았나, 라고 물었다. 순간 숨 막히는 정적이 흘렀다. 여단장은 남자를 날카롭게 쏘아보았다. 노기를 간신히 참아내는 얼굴은 눈에 띄게 일그러져 있었다. 이윽고 별말 없이 여단장은 십 분간 휴식을 선언하고 자리를 떠났다.

휴식 시간 동안 여기저기 모여 앉은 사람들은 남자의 발언을 두고 수군거렸다. 이 지역 최고의 유지이자 장군인 여단장한테 정면으로 맞선 발언은 무례를 넘어 불온하기 짝이 없다고 수군거렸다. 사람들은 총각 선생의 발언을 치기 어린 무모함이라고도 했다. 젊은이의 단순한 혈기로 너그럽게 보아주기는커녕 세상 물정을 몰라도 너무 모른다고 경멸 섞인 분노를 표했다. 특별교육의 의미를 누구보다 잘 알고 있는 기관장들은 말해 뭐 하겠나.

그날 이후였다. 어디서 흘러나왔는지 남자의 새로운 과거가 들춰졌다. 대학 시절 학생운동과 연루돼 제적당할 뻔했다가 간신히 졸업할 수 있었다는 불순한 경력이 소문을 탔다. 남자는 섬사람들에게 거의 용공 불순분자로 매도되는 처지가 되었다. 여자는 그런 남자의 처지를 안타까워하면서도 무엇이 어떻게 잘못되고 있는 건지 가늠하지 못했다. 수심 어린 눈빛으로 그늘져 가는 총각 선생을 지켜볼 뿐이었다.

얼마 후 남자는 면사무소 옆에 있는 보안대의 호출을 받았다. 어떤 말이 오가고 어떤 조사를, 어떤 강도로 받았는지는 알려지지 않았으나 남자는 보기에 민망할 정도로 얼굴이 일그러져 있었다. 구타당해 피명 든 모습 때문만은 아니었다. 돌이킬 수 없는 절망과 분노로 처참하게 일그러진 모습이었다. 그런 모습으로 교장실에 불려 가고, 교감이 어두운 얼굴로 서류를 작성하고, 남자는 서명을 해야 했다.

남자는 섬을 떠났다. 남자가 떠나는 날 여자는 용기포 선착장에서 소리 없이 눈물만 흘렸다. 남자가 별일 없을 거라고, 금방 돌아올 거라고 다독였으나 여자는 눈물을 그치지 않았다. 호송원 두 명이 붙어 있는 데다 섬에서는 이미 남자에 대한 불길한 소문이 퍼진 탓이었다. 남자는 애써 활달한 기상을 잃지 않은 척했다. 극기 훈련 하는 셈 치면 된다고, 그래 봐야 이 주라고, 이 주만 있으면 돌아온다고 말했다.

여자는 아무 말도 하지 않았다. 다시는 남자를 만나지 못할 것 같은 예감에 몸이 떨려 잘 다녀오라는 말 한마디조차 꺼내지 못했다. 남자를 태운 배는 고동을 울리며 선착장을 떠났다. 여자는 배가 대청도를 돌아 사라질 때까지 그대로 서 있었다. 오른쪽 사곶해수욕장에서는 안개가 짙게 밀려오고 있었다.

남자는 그 해가 다 가도록 돌아오지 않았다. 삼청교육 대에서 순화 교육을 받았다는 소식이 섬에 퍼졌다. 순화 교육 후유증으로 폐인이 됐다는 소식도 있었다. 남자는 끝내 퇴직 처리되었다. 아무리 그렇기로서니 한 번쯤 섬을 찾아오거나 연락이라도 하겠거니 했으나 남자에게선 어떤 소식도 없었다.

여자는 남자가 떠난 뒤 학교를 그만두었다. 누가 쫓아 낸 게 아니었다. 그녀는 남자가 떠난 날 거의 실신하다시 피 늘어져서 집으로 돌아왔다. 그때부터 보름 넘게 앓아 누웠다. 그 뒤로 용기포 선착장에서 남자를 기다리는 여 자의 모습을 볼 수 있었다. 여자는 그 해가 다 가도록 거 의 하루도 거르지 않고 용기포 선착장에서 배를 기다렸 다. 주의보가 내려 배가 뜨지 않는 날도 마찬가지였다. 섬 사람들은 그때부터 여자가 정상이 아니라는 걸 알게 되 었다.

그런 여자였는데 그녀는 언제부턴가 선착장에 모습 을 드러내지 않았다. 여자는 집에 틀어박혔다. 그것만으로 모자랐는지 자신을 가두고 스스로 자물쇠를 채워 버렸다. 유사 자폐증이었다. 누구하고도 말하지 않고, 누구하고도 눈을 마주치지 않았다. 울거나 웃지도 않고 온종일 우두커니 앉아 주는 밥이나 축내는 존재로 무섭게 퇴행하고 있었다. 여자의 어머니는 세월이 약이려니 저러다 말겠지, 하고 기다렸다. 친지들이 병원에 데려가 보라고 조언했지만 수백 리 뱃길을 억지로 데려가는 게 쉽지 않았다. 또 당시만 해도 정신병원 갔다 오면 무조건 정신병자로 치부하던 때였다. 딸을 정신병자로 선전하고 싶지 않았기에 여자의 엄마는 되레 조언해 주는 사람들에게 성을 내곤 했다.

1987년 유월 항쟁으로 광주 학살, 삼청교육대의 원흉인 대통령은 목을 떨구고, 국민은 대통령직선제 개헌을 따냈다. 대통령 선거가 임박했을 때는 뭍에서의 열기가 이곳 섬에도 고스란히 전해졌다. 그 무렵부터였다. 여자는 모든 걸 잊은 듯 다시 집 밖으로 나와 마을을 떠돌기 시작했다. 여자는 유독 하늬바닷가를 찾았다. 특히 안개 자욱한 날은 어김없이 그곳을 헤매 다녔다. 사람들은 그런 여자를 보고 놀랐다. 놀란 것은 갓 스물의 여리던 그녀가 생판 다른 모습으로 변해 있다는 사실 때문이었다. 심지어 나이 지긋한 마을 노인네들은 큼지막한 체구에 조심조심 들뜬 모습으로 지나치는 여자를 두고 저 여자가 누구냐고 물을 지경이었다. 곱던 자색을 잃어버리고 통통 부은 듯 변해 버린 여자를 몰라보는 건 당연했다.

부장을 통해 들은 이야기는 그랬다.

답답하거나 따분할 때 내가 찾는 곳이 근무지에서 가까운 하늬바다였다. 부장의 이야기 속에 빈번하게 나오던 그곳이 내 주요 산책로였다. 하늬바다는 완만한 들을 끼고 있었다. 마을에서 가까워 산책로로는 그만이었다. 마을을 지나 작은 언덕을 넘어서면 바다가 보였다. 보리밭으로 이루어진 낮은 언덕이 바닷가까지 이어져 있었다. 길 양쪽으로는 세상의 모든 풀과 꽃이 철 따라 바뀌며 다투어 자라났다. 초여름이면 풀내와 꽃향기가 가득했다. 보리밭은 봄이면 초록빛으로 물결치고 초여름이면 금빛으로 물들었다. 보리가 익을 때면 구수한 냄새가 온 들에 진동했다. 보리타작이 끝나면 보릿짚 태우는 연기가 안개 속에서 뽀얗게 피어올랐다.

그런 하늬바다에서 서쪽으로 지는 해를 등지고 언덕

을 넘어서면 장산곶이 보였다. 장산곶은 악어가 코를 박고 엎드려 있는 형상이었다. 석양빛을 받아 발그레하게 빛나는 옹진반도의 산기슭과 마을이 보이기도 했다. 석양의 잔영을 받아 환하게 빛나는 산등성이는 갈 수 없는 땅에 대한 아련한 향수를 불러일으켰다. 물개바위에 앉은 물범들은 돼지 멱따는 소리를 내며 울었다. 흡사 해병대원들이 보트를 타고 훈련하는 모습 같았다. 그 물개바위를 중심으로 하늬바다는 용기포 쪽으로 세차게 흘렀다. 물소리는 거대한 폭포수처럼 장쾌했다.

나는 일주일에 서너 번은 그곳을 거닐었다. 퇴근 후 서쪽으로 지는 해를 받으며 하늬바다로 나가면 여자를 볼 수 있었다. 안개가 낀 날은 바다와 하늘이 하나였다. 그 어디쯤에서 걸어오는 여자의 모습은 언제나 고요했는데, 나는 이십여 년 전 여자의 모습을 상상해 보고는 했다. 하지만 가능하지 않았다. 상상만으로 형상화된 갓 스물 아리따운 여자의 모습은 보이지 않았다. 어떤 체념도 집념도 보이지 않는 십일월의 텅 빈 들녘 같은 모습일 뿐이었다. 그런 여자와 내가 하늬바다를 배회하는 데는 일말의 공통점이 있을 거라는 생각이 들었다. 가끔 쓸쓸해서 가슴이 휑해질 때는 바닷가를 배회하는 여자의 심기

와 내 안의 어떤 구석이 이해되어 혼자 씁쓰레하게 웃고
는 했다. 나 역시 외로워서, 더 외로워지기 위해 그곳을 찾
는지도 몰랐다. 그럴 때면 나도 정신 나간 듯한 멍한 기분
이 되곤 했으나 기묘하게도 나른하고 편안한 느낌이었다.

날씨가 풀려 본격적으로 안개가 몰려오면서부터 여
자는 아예 하늬바다에서 살다시피 했다. 그만큼 자주 볼
수 있었다. 안개가 낀 날이면 여지없이 진홍색 꽃무늬 치
마를 돛폭처럼 부풀리며 걸어 다녔다. 여자가 지나칠 때
는 공연히 조심스러워 숨을 죽인 채 외면하고는 했다. 그
만큼 매번 지나칠 때마다 긴장되는 걸 숨길 수 없었다. 아
직도 여자가 지닌 벌건 상처가 눈에 보이는 듯한 느낌을
지울 수 없는 까닭이었다.

여자가 안개 낀 날이면 유독 줄기차게 하늬바다를 어
슬렁거리는 행적이 궁금해지기 시작했다. 왜 맑은 날보다
안개 낀 날에 하늬바다를 떠도는 걸까? 물론 남자와 같
이 거닐던 하늬바다의 추억 때문일 수 있겠으나, 언제부
턴가 여자는 마을에서 떨어진 용기포 선착장 쪽으로는
발길조차 돌리지 않았다. 육지가 눈앞에 보이는 곳은 하
늬바다뿐이므로 용기포 선착장보다는 하늬바다 쪽을 선
호하는 것일지도 모를 일이었다. 또, 전에 없이 차량과 사

람들의 왕래가 늘어난 탓에 용기포 쪽을 피하는 것일 수도 있었다. 혹시나 장산곶을 포함한 옹진반도를 남자가 떠난 육지로 여기는 건 아닐까? 뭐 어쨌든 그런 추측들은 순전히 여자에 대한 연민의 발로였다. 그렇게라도 단정 짓지 않는다면 여자가 너무 가엾다는 막막한 심정이 어떤 조바심으로 밀려왔다. 그조차 아니라면 입때껏 살아온 여자의 세월이 그 얼마나 허망한가.

이삼일 비가 내리다가 낮에 잠깐 개는가 싶더니 밤하늘은 다시금 새카매졌다. 밤을 빛내던 별들이 모조리 숨어 버렸다. 개구리가 울어대는 어느 날 밤 나는 학교 경비실을 찾았다. 지난해까지만 해도 직원들의 숙직실이었으나 지금은 경비업체에서 사람을 두고 숙직을 전담하고 있었다. 올 삼월부터 경비 업무를 하는 최 씨는 삼십 년 넘게 기능직으로 근무하다가 이월에 퇴직한 이 학교의 산증인이었다. 이십 중반부터 이 학교와 더불어 살아온 반생이었다. 나는 그와 바둑을 두거나 소주를 마시면서 가까워졌다.

어느 날인가 최 씨 집에서 술을 마시다가 부장과는 다른 이야기를 들을 수 있을 것 같아 여자의 얘기를 꺼낸 적 있었다. 부장은 당시 인천에서 근무했기에 남에게 들은 이야기고, 최 씨는 직접 목격한 사람인 때문이었다. 더군다나 두 남녀와 같이 근무한 데다 실제 상황을 지켜보았을 최 씨였다.

"총각 선생이 나하고 친했지요. 술도 자주 마시고, 애들하고 편을 짜서 공도 많이 찼어요."

"어땠어요, 그 선생?"

"사람 그만이었죠. 술도 세고, 공도 잘 차고 성격도 화끈했어요. 진짜 사내다웠죠."

최 씨는 면사무소 회의실에서부터 남자가 잘못되기 시작했다고 말했다. 특별교육을 받던 그날 최 씨도 총각 선생을 비롯해 동료 직원 대여섯 명과 함께 졸음을 참고 있었다고 했다. 파출소장이 핏대를 올리며 열변을 토할 때 누군들 좋아서 듣고 있었겠냐고 하면서 총각 선생이 너무 순진하고 제 성질 못 이겨 일이 터진 거라고 말했다.

"그날 저녁 술 마시고 굉장했댔어요. 숙직실 유리창을 박살 내고, 쳐들어가 다 때려 부순다고 난리 치는 거 겨우 말렸어요."

"어디를 쳐들어간다는 거예요?"

"모르죠, 뭐, 그냥 저 혼자 주정하는 거였죠. 성질이 그러니 여단장 특별교육 땐 보안대 끌려가 되게 맞았어요.

그걸로 끝났으면 그나마 좋았는데, 운때가 안 좋았죠. 결과적으로 보면 틀린 말은 아닌데, 서슬 퍼런 그 시절엔 너무 과격했다고 봐야죠. 광주 사람들이 왜 빨갱이냐고 따진 셈인데, 그 일로 삼청교육대까지 가게 됐잖아요."

최 씨는 혀를 찼다. 나는 총각 선생의 뒷얘기를 들은 적 있느냐고 물었다.

"모르죠, 뭐. B급인가 C급인가 잘은 몰라도 삼청교육대 다녀와서 폐인 됐겠지요. 여자 얘기는 아시다시피 더보탤 것도 없구요."

최 씨는 속이 상한 듯 크게 숨을 내쉬고는 담배를 빼어 물었다.

"사실, 걔가 섬 빠져나가려고 노력 많이 했어요."

귀가 번쩍 뜨였다. 처음 듣는 얘기였다. 섬에서 해바라기처럼 떠난 남자를 기다리기만 한 줄 알았는데 그게 아닌 모양이었다. 최 씨는 여자가 용기포에서 배를 타려고 했지만, 번번이 개찰구를 통과하지 못했다고 했다. 남자를 찾아 뭍으로 나가는 걸 반대하는 어머니가 신분증을 숨겼기 때문이라고 했다. 여자는 혈안이 되어 기회를 노렸고 기어이 신분증을 찾아내 배를 타고자 했다. 하지만 신분증을 내놓았는데도 개찰구를 지키는 군경 합동 검

문틈이 알 수 없는 이유로 여자를 돌려세웠다. 그 뒤로 여자는 울에 갇힌 참담한 심정으로 급기야 자리에 눕고 말았다. 지금도 용기포로 나가지 않고 하늬바다만 헤매는 이유가 실은 섬을 빠져나가기 위한 다른 몸부림일지도 모른다는 게 최 씨의 생각이었다.

"여태도 섬을 빠져나가고 싶어 한단 말입니까?"

"아마 그럴걸요. 그 여자만이 아니라 섬 여자들 모두 섬을 떠나는 꿈을 늘 꾸고 있으니까요."

그건 사실이었다. 마음을 잡지 못한 엄마가 뭍으로 나가 돌아오지 않아, 엄마 없이 자라는 아이들이 꽤 있었다.

최 씨 말대로라면 여자는 도저히 빠져나갈 가망 없는 용기포 대신 하늬바다 건너 멀지 않은 곳에 보이는 뭍을 보기 위해 그곳을 배회하고 있을지도 모른다는 내 추측이 틀리지 않았다는 생각이 들었다. 하염없이 남자를 기다린 끝에 기어이 정신을 놓고 말았다는 부장의 얘기보다는 어쩐지 최 씨의 말이 설득력 있어 보였다. 그리고 최 씨의 말이 맞다면 여자는 여전히 삶의 끈을 놓지 않고 있는 셈이었다.

"지금도 노래 하나는 잘해요. 아마 요즘도 그 노랠 부를걸요. 거, 왜 있잖아요. 장산곶 마루에, 하는 거요."

"아, 몽금포 타령이요."

"예, 하늬바다 해변에 앉아서 청승맞게 불러댄대요. 총각 선생이 민요를 잘 불렀어요. 주로 장산곶이 바라다보이는 하늬바다에서 많이 불렀을 거요. 안개 낀 날 둘이서 하늬바다로 많이 돌아다녔으니까요"

가볍고 경쾌한 노래지만 떨리고 꺾이는 시김새가 많아 묘한 애수가 감도는 노래였다. 어릴 땐 많이 들어 보았는데 요즘은 방송 매체에서도 들어 본 기억이 없다. 여하튼 빠르게 부르면 흥겹고 경쾌하지만 조금만 느려져도 애절하게 꺾이는 노래였다. '몽금포 타령'을 잘 부른다는 한마디에 전혀 상상되지 않던 이십 년 전 여자의 모습이 희미하게나마 떠올랐다. 곱게 차려입은 여자가 버들가지처럼 하늘거리면서 노래하는 모습이 여울져 왔다. 그 모습은 서쪽으로 넘어가는 햇빛을 받아 환하게 빛나던 반도의 산등성이처럼 따사롭고 평온한 느낌이었다. 세찬 파도 소리는 장산곶 너머 보이지 않는 포구에서 들려오는 북소리 같았다.

여름 방학이 시작된 지 사흘이 지났지만, 안개 때문에 배는 뜨지 않았다. 섬에서 배가 뜨지 못한다는 것은 섬 전체의 생활 리듬이 깨지거나 정지됨을 의미했다. 배가 뜨지 않는 것 자체가 사건인 거였다. 방학하는 날만 고대하며 가방을 꾸려 두었던 여선생은 속이 상해 눈물을 보이기도 했다. 모두 안개가 걷히기를 기다리며 무료하게 시간을 까먹고 있었다. 섬사람들도 요 몇 년 동안 이런 지독한 안개는 처음이라고 혀를 내둘렀다. 바다에서 밀려온 안개는 나흘째로 접어들어도 물러가지 않았다. 하나 건너 전봇대가 보이지 않을 만큼 안개 속 가시거리는 짧았다. 창문으로는 뭉친 안개가 물방울이 되어 흘러내렸다. 실비처럼 내리는 저녁 안개는 군데군데 서 있는 가로등 불빛에 하루살이 떼처럼 벌겋게 휘날렸다. 숨이 막혀올 것 같은 짙은 농도의 안개로 마을은 축축하게 젖어들었다. 어지간하면 해가 높아지는 오전 열 시경이면 희끔하게 벗어졌다가 저녁에 다시 몰려오곤 했는데, 이번 안개는 밤낮없이 짙은 암회색으로 온 섬을 뒤덮었다. 머리가 멍해지고 숨을 쉬면 축축한 안개 입자로 숨이 막힐 듯했다. 머릿속까지 온통 안개로 들어찬 기분이었다.

내일이면 안개 주의보가 해제된다는 소식과 함께 여자의 행방불명 소식이 귀에 들어왔다. 부장을 통해서였다. 사흘 전 안개 속으로 사라진 여자가 돌아오지 않아

마을에 비상이 걸렸다는 것이었다. 지독한 안개 때문에 어떻게 손써 볼 수 없어 안개가 걷히기만을 기다리는 중이라고 했다. 군경 합동으로 사람 드나드는 바닷가를 수색했지만, 배를 띄울 수 없어 수색에 어려움을 겪는다고 했다.

나흘이 되어도 종적 없는 여자에 대해 구구한 억측이 난무했다. 그동안 잊고 지낸 여자 얘기로 사람들은 설왕설래했다. 그런 중에도 조심스레 실족사로 결말을 지어 가는 분위기였다. 나는 안개 속에서 장산곶 쪽으로 떠가는 여자의 모습을 떠올려 보았다. 파도에 휩쓸려 떠가는 것이 아니라 허리 아래만 물에 잠겨 떠가는 모습이 보이는 것 같았다. 남자를 향한 그리움으로 여자는 막힌 용기포 선착장 대신 가까이 보이는 장산곶을 택한 거라고 결론을 짓고 싶었다. 자살도 실족사도 아니었다. 짙은 안개로 바다와 하늘이 하나가 된 하늬바다를 조용히 흔들리는 조각배처럼 그냥 떠가는 거라고 생각했다.

이튿날 섬을 축축하게 적시던 안개는 걷혔다. 안개에 정결하게 씻긴 섬은 갓 목욕을 끝낸 아기의 속살처럼 연분홍으로 빛났다. 하늘은 더없이 맑고 파랬다. 눈이 부실 지경이었다. 여자는 돌아오지 않고 여자의 진홍색 꽃무

늬 치마만 상륙 저지용 철빔에 걸려 발견되었다는 소식
이 전해졌다.

배가 출항하던 날 용기포 선착장은 그동안 떠나지 못
한 사람들로 엄청나게 붐볐다. 사람과 화물을 실어 나르
는 차들이 용기포에서 사곶 해변으로 빠지는 길목까지
길게 늘어섰다. 미리 예매해 둔 배표를 받으러 대합실로
들어서자 안개에 젖었던 뒤끝인지 실내는 한층 후덥지근
했다. 헌병과 경찰이 합동으로 배표와 신분증을 확인하
고 있었다. 발이 묶였던 관광객들과 주민들의 얼굴은 한
껏 들떠 있었다.

뱃고동 소리가 두어 번 울렸다. 방학을 맞은 아이들
이 사곶해수욕장으로 뛰어드는 게 보였다. 아이들의 신
나는 외침이 왁자하게 들려오는 듯했다. 선착장을 떠난
배가 대청 군도를 향해 속력을 내기 시작했다. 저 멀리 하
늬바다 쪽에서 날아오르는 새들이 보였다. 새들은 코스
모스 씨처럼 작아져 바다와 하늘이 맞닿은 곳으로 점이
되어 사라졌다.

# 이별의 뒤안길

아내는 이른 아침부터 부산을 떨었다. 요양병원에서 연락이 왔기 때문이다. 입원해 있는 장모가 백신 접종이 완료되어 대면 면회가 허용된다는 연락이었다. 아내는 음식을 장만하고, 이것 저것 가져갈 물건을 챙기면서도 심란해했다. 태만 씨는 코로나로 지샌 지난 한 해가 지나고, 벌써 올해도 하반기에 들어섰다는 것이 실감 나지 않았다. 병세는 수그러들기는커녕 다시 위세를 떨치고 있는 중이었다.

유리창을 통해 장모를 면회한 아내는 한탄하듯 울먹였다. 코로나 확산으로 가족 간의 면회가 제한되면서 어머니의 병세가 순식간에 나빠졌다는 게 아내의 확신이었다.

"처음 입원하실 때만 해도 멀쩡하셨잖아. 코로나로 면회가 금지된 뒤부터 전에 없이 쇠약해지셨어. 그렇게 튼실했던 분이 앙상해졌더라고."

아내는 장모가 급격히 쇠약해진 원인이 가족과의 접촉 금지 때문이라고 믿고 있었다. 자주 들러 대면하던 때와는 달리 급격히 쇠약해진 모습에 갖가지 의혹을 품고 있었다. 그럴 만도 했다. 입원할 무렵 장모는 오히려 죄송스러워하는 자식들을 위로했었다.

"걱정들 붙들어 매. 난 괜찮여. 나이 들어 니들한티 폐 끼치고 싶지 않다. 동네에 내 동무들 다 먼저 세상 뜨고 읎어. 그곳에 가면 동무들 많아서 심심찮구 좋을 껴. 아랫말 상철이 할머니도 거기 들어가 있어."

장모는 예의 시원시원한 말투로 밝게 웃으면서 훈련소 입소하는 손자처럼 씩씩하게 입원했다. 요양병원에 입원하기 이삼 년 전까지만 해도 장모는 농사를 지으며 건강하게 살아왔다. 자식들이 제발 농사 그만 짓고 편하게 사시라고 해도 들은 척도 않았다.

"사지 멀쩡하고 건강한디 뭐 때미 답답한 도시 아파또
에서 감옥살이한다냐. 공기 좋고, 인심 좋고, 태어나서 여
지껏 살아온 고향을 뭐 때미 떠나. 난 이러키 한갓지게 사
는 게 편하고 좋다."

그렇게 여장부로 살아가던 장모가 논두렁에서 미끄
러져 허리를 다친 후부터는 건강이 나빠졌다. 그 뒤로 두
어 번 더 넘어져 병원을 들락거리더니 급기야 치매 증상
까지 보이기 시작했다. 아내는 장모를 모셔 오려고 애를
썼으나 끝내 장모의 고집을 꺾을 수는 없었다. 한사코 장
인의 묘가 있는 고향의 선산을 두고 떠날 수 없다는 것이
었다. 할 수 없이 아내가 고향에 내려가 돌보다가 나중에
는 방문 간병인에게 맡기기도 했지만, 결국은 근처의 요
양병원에 입원하는 것으로 마무리되었다.

장모가 입원한 요양병원은 태만 씨도 잘 아는 곳이었
다. 장모가 사는 동네에서 십여 리 정도 떨어진 곳으로 호
젓한 산자락에 자리 잡고 있었다. 지하 1층, 지상 4층 건
물에 주차장도 널찍하고 산책로도 잘 꾸며져 있었다. 도
심에 있는 요양병원과는 비교가 되지 않을 정도로 쾌적
하고 자연 친화적인 곳이었다. 태만 씨는 이곳 요양병원

에 익숙했다. 그만큼 심심찮게 들렀다는 것이다. 장인, 처삼촌 내외, 처외삼촌 내외, 그 외에도 아내의 멀고 가까운 근동의 아는 이들이 이곳에 들어와 있다가 세상을 떠났다. 요 몇 년 사이에 이 요양병원은 근동의 노인들이 세상 떠나기 전 마지막으로 머무는 곳이 되어 버렸다. 자진해서 들어온 이도 더러 있지만, 대부분 어쩔 수 없이 들어온 이들이었다. 먹고살기 바쁜 자식들이 몸과 정신을 스스로 추스르지 못하는 부모를 맡길 수 있는 곳은 요양병원뿐이었다. 주말이어서 그런지 장모가 입원하던 날은 요양병원 로비가 면회객들로 붐볐다.

"고려장이 따로 읎어. 이곳이 신식 고려장이지."

"그나마 천행 아녀. 이런 디라도 있시니 다행이지."

"그려. 자식들한티도 늙은 부모한티도 다 안성맞춤이지."

"우리도 얼마 안 남은 겨. 얼추 여기 있다가 가지 않겄어."

면회객들은 그랬다. 돌아보니 주름 가득하고 볼이 홀쭉한 지팡이 짚은 노인들이었다. 태만 씨는 노인들이 주고받는 말을 들으며 이 요양병원에 처음 들렀을 때의 기억을 떠올렸다. 장인을 면회하러 간 날이었을 것이다. 넓은 로비의 1층에는 휠체어에 앉은 환자들이 여기저기 흩어져 있었다. 2층 일반 병실은 침대에 앉거나 누워 있는 환자들로 그득했다. 3층은 중환자실이었다. 방에 들어서는 순간 흠칫했다. 그곳에는 거의 시체나 다름없는 이들이 코, 입, 목, 가슴, 팔에 호스와 주사기를 주렁주렁 매달고 누워 있거나 비스듬히 기대어 있었다. 대개가 눈을 감거나 입을 벌리고 있었다. 감은 눈도, 벌린 입 속도 막장 같은 어둠이 들어차 있었다. 인간은 결국 저런 모습으로 죽어 가는구나, 하는 두려움과 절망감이 한기처럼 밀려왔었다.

태만 씨는 그날 이후로 요양병원을 떠올리면 로맹가리의 「새들은 페루에 가서 죽다」라는 소설과 인도의 바라나시가 함께 떠올랐다. 소설 속에서 새들은 바다의 섬들을 떠나 해변의 모래 위에서 죽어 갔다. 왜, 새들이 그곳에 와서 죽는지 답은 없었다. 다만 새들에게 그곳은 인도의 성지 바라나시 같은 곳일 수도 있었다. 믿는 이들의 영혼을 반환하러 간다는 그곳 말이다. 진정한 비상을 위해 새들이 그곳에서 자신의 몸뚱이를 던져 버리는 것일지도 모른다는 기술은 그대로 바라나시와 중첩됐다. 바라나시와 페루 해변, 요양시설 모두 죽기 위해 모이는 장소라는 공통점이 있었다. 누군가는 종교적 신념으로, 누군가는 어쩔 수 없이 죽기 위해 찾아가는 곳, 그런 곳이 있기 마련인가 보다.

태만 씨는 한국인들이 어떤 죽음을 원하는지 잘 알고 있었다. 가족이 지켜보는 고향 집에서 품위 있게 임종을 맞고, 전통적인 상례에 따라 상여를 타고 선산에 묻히는 것, 수많은 만장을 앞세우고 고인을 배웅하는 자손을 비롯한 친척과 지인들이 줄줄이 장지까지 따라가는 것, 대략 그렇지 않은가. 당연히 시신도 양지바른 곳에 묻히길 원한다. 하지만 세상이 달라졌다. 특히 코로나로 인해 장례식장은 썰렁해졌고 더없이 쓸쓸해졌다. 가족장이나 빈소 없이 간소하게 치르는 장례가 늘어나는 추세였다. 태만 씨도 코로나가 창궐할 때면 조의금만 보내고 조문은 생략해 왔다.

태만 씨 아내는 코로나로 요양병원 대면 면회가 금지되고 나서부터 시도 때도 없이 징징거렸고 분노를 터트렸다. 아내는 유리 벽을 통해 대면하는 면회가 안개 짙은 항구에서 배를 떠나보내는 심정이라고 했다. 그 같은 면회와 교도소 면회가 뭐가 다른가, 태만 씨 역시 그 비슷한 생각을 한 적 있었다. 어쨌거나 요양시설의 새로운 면회

풍경인 걸 어쩌랴.

"그렇게 활달하고 씩씩하던 분이 말을 잃었더라니까. 말을 안 해. 그냥 전화기만 붙들고 멍하니 나만 바라보고 있어. 마스크를 쓰고 있어서 그런지, 나를 못 알아보는 것 같더라고, 기가 막혀서."

아내는 면회만 하고 오면 성난 황소처럼 씩씩거리면서 요양병원을 욕했다.

"틀림없어. 코로나로 대면 면회가 금지되고, 가족들 눈길 멀어진 틈에 그 짓거리 한 걸 거야."

아내가 말한 그 짓거리란 얼마 전에 텔레비전 특집 프로그램에서 고발한 내용을 두고 하는 말이었다. 코로나로 가족의 면회가 금지되고부터 요양병원에서는 간병인 비용을 줄이고, 환자 돌보는 수고를 덜기 위해 수면유도제를 비롯한 향정신성 의약품을 남용하고 있다는 것이다. 치매로 소란을 피우거나 배회하는 환자들을 잠재우기 위해 주입하는 약이 몸에 좋을 리 없었다.

태만 씨 아내는 특집 프로그램을 보면서 두 주먹을 움켜쥐고 이를 앙다물었다.

"어쩐지. 내 그럴 줄 알았다니까. 멀쩡하던 어머니가 그렇게 시르죽은 모습으로 허물어진 게 다 그럴 만한 이유가 있었다니까."

태만 씨는 아내의 분노와 의혹에 수긍이 갔으나 한편으론 아이러니했다. 그렇게 불신하고 욕을 하면서도 요양병원에서 장모를 퇴소시킬 생각이 없는 듯했기 때문이다.

"그렇게 못마땅하면 병원을 옮겨. 근처에 얼마나 요양시설이 많은데."

태만 씨가 사는 동네만 해도 몇 년 사이에 요양시설들이 우후죽순 생겨났다. 장기 요양 보호시설인 요양원과 요양병원 말고도 주야간 보호시설, 단기 보호시설, 방문목욕이나 방문 보호 업체들이 늘어나고 있었다. 노인 인구가 늘어나면서 노인 관련 산업의 비중이 높아지는 건 당연한 귀결이었다. 이제 노인과 죽음 관련한 시설이나 시스템은 국민이면 누구나 거쳐야 하는 의무교육처럼 정례화되었다는 생각이 들었다.

아내는 장모를 동네 요양병원으로 옮기자는 태만 씨 말을 한 귀로 흘려보냈다. 자신이 나고 자란 고향에 있는 요양병원이라 익숙해진 것일까? 아니면, 자신의 아버지와 숙부, 외숙부가 들어가 있다가 돌아간 곳이라서? 그것도 아니라면 병원을 옮기는 과정이 번거롭고 귀찮은지도 몰랐다. 태만 씨는 이런저런 추측을 하면서도 가장 유력한 이유는 아마도 장모와의 언약 때문이라는 생각이 들었다. 간절하게, 한사코 고향을 떠나지 않겠다고 버티던 장모의 바람을 존중하고 있는 거라고 믿고 싶었다.

아내는 이른 아침부터 부산을 떨었다. 요양병원에서 연락이 왔기 때문이다. 입원해 있는 장모가 백신 접종이 완료되어 대면 면회가 허용된다는 연락이었다. 아내는 음식을 장만하고, 이것저것 가져갈 물건을 챙기면서도 심란해했다. 태만 씨는 코로나로 지샌 지난 한 해가 지나고, 벌써 올해도 하반기에 들어섰다는 것이 실감 나지 않았다. 병세는 수그러들기는커녕 다시 위세를 떨치고 있는 중이었다. 1차 백신 접종을 마친 태만 씨 부부는 2차 접종을 기다리는 중이었다.

병원 출입구에서 발열 체크, 백신 접종 증명서 확인, 면회객 명부 작성, 손 소독 등의 절차를 마치고 병원 로비에 들어섰다. 직원의 안내를 받아 면회자들이 모여 있는 곳으로 이동했다. 거리 두기 표시가 되어 있는 좌석을 피해 모여 앉았다. 이어 직원이 면회 수칙을 빠르게 전달했다.

"면회는 병실이 아니라 따로 마련된 면회실에서만 가능합니다. 면회 시간은 이십 분 이내이며, 면회 중에는 먹거나 마실 수 없습니다. 환자의 심신에 위해를 끼칠 수 있는 언행을 자제해 주시고, 되도록 밀착된 접촉을 피해 주시기 바랍니다. 면회 순서는 예약된 순서대로 진행하겠습니다. 잠시만 대기실에서 대기해 주시기 바랍니다"

직원이 떠나자 가족들은 마스크를 쓴 얼굴로 서로 아는 체 눈인사를 나눴다. 가족 면회는 두 명 이하로 규정되어 있었다. 대기하고 있는 가족들을 세어 보니 딱 여덟 명이었다. 태만 씨 장모가 입원해 있는 병실은 6인용 병실이었다. 태만 씨 아내는 멀리 떨어졌던 친척들을 만난 듯 자리를 옮겨 거리 두기 좌석을 무시하고 손을 잡으며 반가움을 표시했다. 태만 씨는 못마땅한 표정으로 마스크로 가려진 얼굴들을 알아보려고 안경을 꺼내 썼다. 그제야 가족들의 면면과 환자들, 병실의 풍경이 되살아났다.

장모가 입원한 병실은 양쪽으로 세 개의 침상이 마주 보고 있는 6인실이었다. 장모의 침상은 출입문을 열고 들어가면 오른쪽 첫 번째였다. 장모 맞은편에 누워 있는 노인은 시도 때도 없이 찬송가를 부르고 있었다. 치매를 앓고 있는 노인은 발음도 음정도 형편없는, 가래 끓는 소리를 냈지만 분명 찬송가였다. 노인은 앙상한 두 손으로 나무 십자가를 쥐고 있었다. 장모의 옆 침상과 그 맞은편 침상에는 비교적 멀쩡해 보이는 노인들이 있었다. 바로 옆 침상에 앉아 있는 노인은 여자들에게는 싹듯하게 인사를 했다. 그러나 남자만 보면 달라졌다.

"야, 이놈아. 내 돈 내놔."

그녀는 의사고 누구고 상관없이 남자만 보면 돈을 내놓으라고 욕설을 퍼뒀다. 그런가 하면 돈 내놔 할머니 맞은편 침상 환자는 느닷없이 욕설을 퍼부어 주위 사람들을 놀라게 했다.

"썩을 년. 밥 안 줘?"

엄청나게 큰 소리였다. 태만 씨도 코로나가 유행하기 전 장모 면회를 왔다가 곱상하게 늙은 여인이 갑자기 큰 소리로 썩을 년, 밥 안 줘, 하고 외치는 바람에 깜짝 놀란 적 있었다. 창 쪽에 붙어 있는 두 개의 침상에는 뇌경색과 뇌졸중으로 죽을 날을 기다리는 두 노인네가 누워 있었다. 그들은 죽은 듯 잠들어 있었다. 태만 씨는 두 노인의 가족을 아직 한 번도 본 적 없었다.

당시만 해도 멀쩡했던 장모는 찬송가를 웅얼거리고 욕설을 퍼붓는 노인들을 바라보며 혀를 찼다.

"아무리 나이를 처먹었더라도 지킬 건 지켜야지, 저게 무슨 꼴들여. 당최 저런 화상들 때문에 정신이 읎어. 그래도 불쌍하긴 햐. 다들 갈 때가 되야서 저러는 겨. 딱허지 뭐."

장모는 6인 병실에서 자신보다 상태가 좋지 않은 노인들을 돌봐 주는 방장 역할을 하고 있었다. 간병인이나 간호사의 손이 미치지 못하는 틈새를 메워 주며 병실 생활에 바지런하다는 소리를 들었다. 때로는 간병인이나 간호사들의 실수와 나태함을 감시하며 야단도 치는 당당한 환자였다.

마스크로 얼굴을 감추고 눈만 반짝이는 환자 가족들을 바라보면서 코로나가 닥치기 전, 어느 주말의 병실 광경이 떠올랐다. 그날은 장모를 비롯한 네 가족이 같은 시간에 모였다. 창가 쪽에 있던 뇌경색 할머니가 임종하여 병실을 나가던 모습을 보았기에 기억이 생생했다. 찬송가 할머니 가족은 목사 부부였다. 중년의 목사는 병실에 들어오자마자 찬송가 할머니의 손을 잡고 기도를 하기 시작했다. 기도가 끝나자마자 옆 침대 '돈 내놔' 할머니의 욕설이 터져 나왔다.

"야, 이놈아, 내 돈 내놔!"

뻘쭘해진 목사는 헛기침을 하더니 '돈 내놔' 할머니를 가엾다는 표정으로 응시했고, '주여'라는 낮은 목소리를 토해냈다.

잠시 후 늙수그레한 두 여인이 나타났다. 내란 씨도 기억이 나는 '밥 안 줘' 할머니의 딸과 며느리였다. 그녀들은 병실에 들어오자마자 싸늘해진 얼굴로 고개를 외로 꼬고 침대 양쪽에서 환자의 한쪽 손만 잡고 긴 침묵을 지켰다. '밥 안 줘' 할머니는 좌우 양쪽을 잡힌 손을 빼내더니 느닷없이 소리쳤다.

"썩을 년, 밥 안 줘!"

무엇이 틀렸을까, 시누이와 올케는 할머니의 간절한 외마디에 가타부타 말도 표정도 없이 침묵만 지키고 있었다. 언뜻 언젠가 아내가 병실 가족에 대한 정보를 자랑스럽게 떠벌리던 기억이 살아났다. 시누이와 올케가 저렇게 고개를 외면하는 것은, 병원비 때문이라는 것이다. 둘이서 분담하기로 했던 병원 비용을 시누이가 입금하지 못했기 때문이라는 것이었다. 태만 씨는 그런 정보까지 알고 있는 아내의 오지랖에 고개를 흔들었다.

뒤이어 '돈 내놔' 할머니의 가족들이 나타났다. 백발의 노신사와 그의 딸인 듯싶은 중년 여인이었다. 중년 여인은 아내를 알아보고 인사를 했다. 옷매무새와 언행이 세련된 여인이었다. 백발의 노신사는 나이에 비해 건강해 보였다. 그는 '돈 내놔' 할머니의 손을 잡고 머리를 쓰다듬어 주었다. 그러나 할머니는 남편을 쏘아보며 욕설을 뱉어냈다.

"야, 이놈아, 내 돈 내놔!"

딸이 지갑에서 만 원짜리 한 장을 꺼내 손에 쥐여 주자 할머니는 앙상한 손을 벌벌 떨면서 받은 돈을 돌돌 말아 환자복 바지춤으로 집어넣었다. 그 모습을 바라보던 노신사는 한숨을 쉬며 혀를 찼다. 태만 씨 아내는 '돈 내놔' 할머니의 남편은 허우대는 그럴듯하지만, 돈 한 푼 벌지 않고 아내가 번 돈만 빼다 쓰는 놈팡이라고 욕했다. 태만 씨는 아내의 이 말이 정확한 정보인지 아내의 추측인지 가늠하기 힘들었다. 태만 씨가 아내의 오지랖에 대해 심란해하는 사이 간호사와 간병인이 다급히 문을 열고 들어왔다. 방문객들은 입을 다물었다. 간호사와 간병인은 창 쪽 침상으로 달려갔다. 뒤이어 의사가 들어왔다. 코와 입에 산소호흡기와 유동식 관을 끼고 있는 환자에게 이상 신호가 감지된 모양이었다. 결국 침대가 병실을 빠져나가 어디론가 이동했다. 다들 상황을 파악하고 분위기가 싸늘해졌다. 어쩌자고 저런 중환자를 일반 병실에 두었을까 하는 의구심과 병실을 빠져나간 침대가 다시는 이 병실로 되돌아오지 못할 것이라는 직감에 얼마나 착잡했던지 기억이 새로웠다.

태만 씨는 아내의 이름을 부르는 소리에 기억 속에서 빠져나왔다. 면회실은 원형의 탁자 하나와 의자 네 개로 썰렁했다. 간병인의 부축을 받고 면회실로 들어선 장모는 아내의 말마따나 눈에 띄게 쇠약해져 있었다. 장모는 다행히 마스크를 쓴 아내를 알아보았다. 두 모녀의 상봉은 이산가족 찾기 방송에서나 볼 수 있음직한 광경이었다. 모녀는 얼싸안고 어루만지면서 눈물을 흘렸다.

"엄니, 이 양반 누군지 알겠어?"

장모는 젖은 눈을 들어 흘낏 일별하고는 말이 없었다. 그래도 장모는 딸과 사위의 손을 잡고 놓을 줄 몰랐다. 가죽만 남은 앙상한 손등에 파란 정맥이 안쓰럽게 불거져 나와 있었다. 그런데 손목이 이상했다. 양쪽 손목에 붉게 부푼 띠 모양의 자국이 선명했다. 무언가로 묶인 흔적이었다. 빠져나오려고 용쓴 자국이 분명했다. 장모는 아내를 향해 중얼거렸다.

"장마 오기 전에 감자 안 캐고, 뭐하러 왔어."

"오늘은 다행히 정신이 말짱하시네요. 정신이 오락가락하셨는데."

간병인이 철없는 어린애 보듯 장모를 내려다보며 한마디 했다. 아내는 못 들은 체 장모의 손만 어루만지고 있었다.

"집에 가시겠다고 얼마나 보채시는지, 정말 혼났어요. 보통 난리가 아니었어요."

장모의 손을 하염없이 어루만지던 아내가 벌떡 일어나더니 소리쳤다.

"그래서 이렇게 죄인처럼 묶어 놨어!"

아내는 태만 씨가 놀라 자빠질 정도로 고래고래 소리를 지르며 간병인에게 대들었다.

"병원장 나오라고 해. 이놈의 요양병원 문 닫게 하고 말 거야."

태만 씨는 간병인의 멱살을 잡으려는 아내의 손을 막았다. 그런 중에도 요양병원 실태를 고발했던 방송 장면이 떠올랐다. 아내는 그 방송에 나왔던 어떤 여자들보다도 더 과격하고 거칠어 보였다. 이런 식으로 막 나가면 오히려 이쪽이 불리해진다고 아내에게 언급해 줄 틈이 없었다. 벌써 간호사와 의사가 아내를 둘러싸고 있었다.

"진정하시고 일단 앉아서 얘기하시지요."

백발의 노 의사가 아내를 달랬다. 간호사가 내민 냉수

를 벌컥벌컥 들이켠 아내는 거친 숨을 내쉬며 애꿎은 간병인을 노려보고 있었다.

"보호자 분의 마음 다 이해합니다. 화가 나실 만도 하시겠지. 멀쩡하시던 어머님이 일 년 반 사이에 이렇게 쇠약해지셨으니 오죽하시겠습니까. 그러나 잘 생각해 보세요. 치매는 생각보다 빨리 환자의 몸과 정신을 망가뜨립니다. 특히 어머님은 보통 알츠하이머로 불리는 기본적인 치매와 함께 전두측두엽 퇴행이라는 치매 증세가 진단되어 진행성 비유창성 실어증과 사물 인지 능력 저하증이 진행 중이어서 더 많은 약물과 의학적인 처치가 요구되고 있는 상태입니다."

전문의가 의학적인 용어로 설득을 하면 가족들은 금방 차분하고 조용해진다. 의사의 설명을 이해해서 설득된 것이 아니라, 너무 아득하고 아리송하기 때문이다. 뜬구름 잡는 말 같기도 하고, 무슨 말인지 알 수가 없어 묵묵히 듣는 척만 하다 보니 자연스럽게 조용해지는 것이다.

"그래도 손목이 벌겋게 붉어지도록 노인네를 묶어 두고 잠만 자게 수면제만 주는 게 옳은 일인가요?"

태만 씨는 아내를 말리지 못한 것을 후회했지만 소용

없었다. 감히 노회한 전문의에게 대들어 뭘 따지겠단 말인가. 이건 아니다 싶었다. 손목을 묶어 둔 것은 눈으로 확인할 수 있었지만, 수면제를 남용했다는 것은 추측해서 한 말이 아닌가. 의사는 짐짓 엄한 표정으로 아내를 바라보았다.

"그런 식으로 근거도 없는 억지 주장을 하시면 안 됩니다. 병원은 환자의 생명과 안전을 위해 전문적인 진단과 검사를 통해 적절한 의료 행위를 합니다. 누구든 전문의의 의료 행위를 간섭할 권리가 없습니다. 우리는 최선을 다하고 있습니다. 덧붙여 말씀드리자면, 환자의 치매 증상 말고도 노화라는 자연 현상을 간과해서는 안 됩니다. 나이가 있질 않습니까? 누구든 나이를 먹으면 늙게 되는 거지요. 환자분은 그 노화 현상이 보통 사람들보다 더 빠른 유전자를 갖고 있다는 것도 알아 두셔야 합니다."

태만 씨도, 아내도 대꾸할 말이 없었다. 무슨 큰 잘못이나 한 것처럼 기죽은 모습으로 의사의 훈계를 들어야 했다. 태만 씨는 감히 넘을 수 없는 벽에 마주 선 기분이었다. 병든 가족 둔 죄인으로 눈만 끔벅이다가 진료실을 나왔다. 태만 씨 부부가 면회 대기실로 지친 듯 돌아와 자리에 털썩 주저앉자, 대기실에서 기다리던 환자 가족들이 자리를 좁히면서 모여들었다. 그들은 아내가 의료진과 한바탕 소동을 피운 것을 알고 있었다.

"뭐래요? 다 자기들이 옳다죠?"

"뻔하죠, 뭐. 그 사람들은 갑이고 우리는 을 아닙니까. 다 저희가 잘났다는 거지요. 병원에선 아픈 쪽이 죄인이죠."

어디서 들었는지 누군가가 말을 이어 갔다.

"창 쪽에 있던 두 분 돌아가신 것 아시지요? 뇌경색이던 분은 삼 개월 전에 돌아가시고, 풍으로 누워 있던 할머니는 한 달 전에 돌아가셨대요. 새로 들어온 분들도 병세가 중해서 얼마 못 살 거라고 하데요."

"병세가 중한 거야 다 마찬가지긴 해도 멀쩡하던 분이 저리 되신 건 말 다 한 거죠."

'돈 내놔' 할머니의 세련된 딸이 장모를 두고 한 말이었다. 다른 환자들에 비해 비교적 멀쩡하게 병원 이곳저곳을 돌아다니던 장모가 지팡이를 짚고 이동하는 상태가 됐으니 그런 말이 나올 만도 했다. 그 말에 다시 마스크 속 아내의 얼굴이 푸르르해졌다.

"어떻게 일 년 반 사이에 사람이 저렇게 망가질 수 있는지, 그게 기가 막히다니까요"

아내의 말에 모두 고개를 끄덕이며 맞장구를 쳤다.

"맞아요. 저희 어머니도 저는 알아보았는데 지금은 아무도 못 알아봐요. 욕창도 더 심해지고."

"우리 시어머니는 몸무게가 삼십오 킬로도 안 돼요. 살이 엄청나게 빠졌어요."

"저희 어머니는 숟가락질은커녕 씹는 것도 제대로 안 돼 큰일이에요. 유동식 관을 삽입해야 할지 어떨지 걱정이 태산이에요. 지난해 초만 해도 숟가락질은 하셨거든요."

오랜 친구처럼 꽤 많은 말을 나눴으나 마스크를 쓰고 하는 말은 답답함만 더했다. 얼굴에서 볼 수 있는 표정은 눈과 말할 때 실룩거리며 움직이는 마스크뿐이었다. 그래서인지 사람들은 표정을 감춘 대신 눈으로 말하고 있었다. 목소리는 컸으나 공허했다. 같은 병실에서 같은 처지의 환자 보호자로서 잠시나마 함께한 정은 그렇게 끝났다. 그들은 아쉬운 듯 작별 인사를 하고 병원을 떠났다.

변이 바이러스가 다시 유행하기 시작한 건 면회를 다녀온 지 채 한 달도 지나지 않아서였다. 지역에 따라 다시 방역수칙 4단계가 발령되었다. 장모가 입원해 있는 요양병원도 또다시 대면 면회가 금지되었다. 아내는 이제 축

처진 모습으로 징징거리기만 할 뿐 분노를 터트릴 힘도 없어 보였다.

"징그럽네, 정말. 도대체 언제까지 이렇게 살아가야 하는 거야."

태만 씨가 텔레비전을 보면서 중얼거리자 그의 아내도 넋이 나간 표정을 지었다.

"아무래도 안 되겠어요. 어머니를 집으로 모셔 와야겠어."

아내가 장모를 요양병원에서 빼내 오겠다는 말을 입밖에 낸 것은 처음이었다. 아내는 두 동생에게 전화로 의견을 나누며 짜증도 내고 설득도 하더니 마침내 결정을 내린 듯했다. 아내는 마지막으로 태만 씨의 의견을 물었다. 집으로 모시려면 우선 남편과 협상하는 게 올바른 순서 아닌가. 태만 씨는 은근히 부아가 났으나, 어차피 아내를 이길 자신은 없었다. 큰사위라고 끔찍이 위해 주던 장모의 모습이 어른거려 마음이 약해진 탓도 있었다. 태만 씨는 장모가 집에 들어와 벌어질 귀찮고 복잡한 상황을 떠올리다가 체념하듯 내뱉었다.

"맘대로 해."

에라, 될 대로 돼라, 어떻게 되겠지, 하는 심정이었다.

아내는 이곳저곳 전화를 하며 요양병원 퇴소 절차를 알아보는 것 같았다. 태만 씨도 장모를 맞기 위해 어떤 준비를 해야 하는지 궁리하기 시작했다. 장모 전용 의료용 침대 외에 의료기기와 전문 요양보호사까지 수배해야 할 것을 생각하니 머리가 지끈거리고 짜증조차 밀려왔다. 아내의 휴대폰이 울린 것은 그때였다. 전화를 받는 아내의 표정이 붉으락푸르락하더니 처참하게 일그러졌다.

"이 더위에 사라졌다고요?"

아내는 자리에서 벌떡 일어났다가 무너지듯 다시 소파에 털썩 주저앉았다. 태만 씨는 잽싸게 냉수 한 컵을 건넸다. 냉수를 들이켠 아내는 한동안 말없이 허공을 쏘아보더니, 발을 동동 구르며 속사포처럼 쏘아댔다.

"새벽녘에 감쪽같이 사라졌다는데, 지금이 몇 시야? 열 시가 넘었잖아. 아직도 못 찾았다면 어떻게 된 거 아냐? 아, 어떡해."

태만 씨 부부는 부랴부랴 집을 나섰다.

삼복염천을 뚫고 아내의 고향으로 내려가는 동안 태만 씨는 생각에 잠겼다. 장모는 왜, 어디로 사라진 걸까. 어떤 상태로 병원을 나왔을까. 정신이 혼미한 중에 본능적 무의식적 행동이었을까, 아니면 멀쩡한 상태로 시도한 의

도적 탈출이었을까, 궁금했다. 본능이건 의도적이건 결론은 마찬가지였다. 건강이 나빠진 장모를 누고 사식들끼리 이런저런 말이 오갈 때부터 장모는 알고 있었다. 자신이 죽을 곳을 마음대로 선택할 여지가 없다는 것을 눈치챘으나 자식들의 의견을 거부할 수 없었을 뿐이다. 죽고 싶은 곳이 따로 있다는 걸 자식들도 모르지 않았을 것이다. 그들 역시 다른 선택의 여지가 없었을 뿐이다.

태만 씨는 요양병원 주차장에 차를 대 놓고 아내만 병원으로 들여보냈다. 그는 병원 주차장을 나와 아내의 친정으로 나 있는 제방을 따라 걸었다. 천변을 따라 걷다 보면 다리가 나오고 다리를 건너면 아내의 친정 동네와 선산이 펼쳐진다.

등줄기를 타고 땀이 흘렀다. 무더위와 풀냄새로 숨이 막힐 지경이었다. 태만 씨는 장모가 이 길로 가지 않았을까, 그런 생각을 하며 걸음을 재게 놀렸다. 흰 물새 한 마리가 초록빛 들을 지나 어디론가 날아가고 있었다.

## 삼각관계

그러고 보면 삼각관계는 양면성을 지니고 있었다. 드라마 속 삼각관계가 비극이라면 어떤 삼각관계는 바람직한 틀을 구성하는 정형이 될 수 있는 것이다. 나는 텔레비전 드라마에 빠진 아내와 스마트폰을 제쳐 두고 거실의 삼각 구도에서 빠져나와 나의 삼각형이라는 도형과 삼각관계의 궤적을 더듬어 보기 시작했다.

"요즘 드라마는 다 삼각관계야. 하긴 그래야 재미있지. 너무 흔해 빠져서 식상하기는 하지만."

나는 아내의 뻔한 말에 대꾸하지 않고 스마트폰만 내려다보고 있다. 텔레비전에서는 앙칼지게 흐느끼는 여자의 외마디 같은 호소가 이어지고 있었다. '내가 나영이보다 못한 게 뭐야. 대답해.' 이렇게 되면 끝장이다. 울면서 애원하고 다그칠 때는 삼각관계의 한 꼭짓점이 무너져 내리는 순간이다. 한 남자를 향한 두 여자의 삼각관계는 허물어지고 만다. 한 여자는 버림을 받고 한 여자는 남자와 맺어져 하나의 꼭짓점으로 합쳐지면서 삼각 구도는 와해되는 것이다.

나는 프로야구 중계를 보던 스마트폰에서 눈을 떼고 아내 쪽을 바라보았다. 양끝 쪽에 다리를 뻗을 수 있는 긴 디귿 자 형태의 소파에 나와 아내가 앉아 있었다. 소파를 밑변으로 높이에 해당하는 곳에 텔레비전이 놓여 있는 구도였다. 나는 지금 외적 형태는 삼각 구도를 갖추고 있지만, 내적으로는 삼각 구도가 깨져 있는 상태라는 것을 알고 있었다. 아내는 드라마를 보고 있지만 나는 스마트폰으로 프로야구를 보고 있기 때문이었다. 둘이서 함께 드라마를 보면서 희희낙락할 수만 있다면 완벽한 정삼각형의 구도가 완성될 수 있었다. 그러나 그런 단순한 구도조차 흔하지 않다는 것을 새삼 절감하고 있는 디였다.

그러고 보면 삼각관계는 양면성을 지니고 있었다. 드라마 속 삼각관계가 비극이라면 어떤 삼각관계는 바람직한 틀을 구성하는 정형이 될 수 있는 것이다. 나는 텔레비전 드라마에 빠진 아내와 스마트폰을 제쳐 두고 거실의 삼각 구도에서 빠져나와 나의 삼각형이라는 도형과 삼각관계의 궤적을 더듬어 보기 시작했다.

나는 어려서부터 삼각형이 마음에 들지 않았다. 수학을 싫어했기 때문이다. 그중에서도 도형이 싫었다. 처음부터 싫어한 것은 아니었다. 초등학교 1학년 때는 '여러 가지 모양'이라는 단원이 있었다. 네모, 세모, 동그라미를 찾고 구별하는 내용이었다. 2학년이 되자 모양이라는 말 대신에 도형이라는 말이 나왔다. 그때 처음으로 삼각형이라는 이름을 알게 되었다. 그 후로 학년이 올라가 평면도형, 입체도형이라는 개념이 나오면서 삼각형은 복잡해져 갔다. 삼각형의 종류와 삼각형의 이동, 삼각형의 넓이, 삼각형의 원리, 삼각형의 성질 등등. 골치가 아프고 짜증이 났다. 왜 이런 것을 배워야 하고 삼각형을 응용한 복잡한 문제를 풀기 위해 골을 싸매야 하는지 알 수 없었다.

"삼각형은 가장 완벽한 도형이다. 또, 안전한 도형이다. 봐라. 저 웅장하면서도 군더더기 없는 피라미드의 견고한 모습을. 삼각형은 하늘을 향한 염원을 상징하는 표상으로 우뚝 솟아 있다. 아무리 굴려도 밑변으로 대지를 딛고 모양이나 위치가 바뀌지 않는 정삼각형의 단순함은 얼마나 단아하냐."

중학교 때 말발이 끝내주던 수학 선생의 연극 대사 같던 삼각형 예찬이 떠올랐다. 그러나 나는 삼각형의 뾰족하고 날카로운 꼭짓점이 맘에 들지 않았다. 창끝을 연상하는 꼭짓점이 표창처럼 섬뜩하기도 했다. 결정적으로 삼각형에 대해 반발하고 치를 떨게 된 것은 고교생이 되어 삼각함수를 배울 때부터였다. 그때부터 나는 수포자(수학 포기자)의 조짐이 나타나다가 통계, 확률, 미적분에 이르러서는 완전한 수포자가 되고 말았다.

수포자였던 나도 삼각관계라는 통속적인 개념은 쉽게 이해할 수 있다고 믿었다. 삼각형의 성질과 원리를 응용해서 이리저리 꼬고 얽어서 용어도 난해한 문제를 푸는 것과는 다른 인문학적인 문제라고 생각했다. 흔해 빠진 사랑과 우정의 방정식 정도도 아닌 단순한 연산 문제

정도라고 생각했다. 둘이서 한 사람을 좋아하거나 싫어하는 관계, 아니면 셋이서 서로 엇갈려 좋아하거나 싫어하는 관계라고 생각했다. 그러나 나이 들어 가면서 삼각형이라는 도형 문제보다 삼각관계라는 인간 문제가 훨씬 복잡하고 미묘하다는 것을 알게 됐다. 언제 어디서나 삼각관계는 존재했으며, 태어나서 지금까지 매 순간 삼각관계에서 벗어나지 못하고 얽매여 살아왔다는 것을 깨달아 가고 있었다.

나는 딸부잣집의 외동아들로 태어났다. 그러나 귀한 외동아들로 태어났으되 모두의 축복을 받고 태어난 것은 아니었다. 누구에게는 귀한 아들이자 손자였으나 누구에게는 시샘과 미움의 대상이었다.

딸만 넷을 내리 낳아 아들이 없던 집안에 아들이 생겼다. 어느 이른 아침 느닷없이 젊은 여인이 싸늘한 눈빛으로 어린 아기를 아비에게 넘겨주고 사라졌다. 사람 좋은 황 주사는 넋이 나간 표정으로 아기를 받쳐 안은 채, 도망가듯 사라지는 여인의 뒷모습을 바라보고 있을 뿐이었다. 때가 때이니만큼 아직 잠에서 깨지 않은 아래로 두 딸을 제외하고 온 식구가 그 극적인 광경을 볼 수 있었다. 온 식구란 네 명의 여인들이었다. 시어머니와 며느리, 손녀 둘이었다.

황 주사 못지않게 점잖은 며느리 청주댁은 정신이 아득했지만, 사태를 알아차리고 수습에 나섰다. 그러나 그보다 앞서 역시 사태를 알아차린 시어머니가 선수를 쳤다. 넋이 빠져 있는 아들에게서 아기를 빼앗다시피 건네받은 시어머니는 기저귀를 들치고 성별부터 확인했다. 아기의 고추를 확인한 시어머니는 보물을 손에 얻은 듯 안방으로 아기를 안고 들어갔다. 아직도 안방을 차지하고 있다는 것은 그 집안의 실권을 쥐고 있다는 것을 뜻했다.

그로부터 황 주사 가족의 삼각 구도는 바뀌었다. 아버지인 황 주사 대신 내가 맨 위 꼭짓점에 있고 밑변의 양 끝점에 할머니와 어머니를 비롯한 누이들이 뭉쳐 있었다. 아버지는 삼각형 꼭짓점에서 밀려나, 어느 편도 들지 않고 조용히 삼각 구도에서 벗어나 있었다.

나는 집을 떠나기 전까지 안방에서 할머니와 함께 자고 먹었다. 식사 시간이면 두 개의 상이 차려졌다. 아랫목의 번듯한 밥상은 할머니와 아버지 나, 또 다른 상은 어머니와 딸 넷의 몫이었다. 물론 밥상 위에 올려진 밥과 반찬이 같을 수가 없었다. 한여름에도 내 밥상에는 흰쌀이 더 많이 들어간 밥에 생선이 올라왔다면, 누이들의 밥상에는 시꺼먼 꽁보리밥에 열무김치가 고작이었다. 누이들은 내 밥상을 힐끗거리며 원망 어린 눈빛을 보내곤 했다. 설이나 추석 때 얻어 입는 옷이나 신발도 차이가 있었다. 누이들은 검정 고무신에 책보를 둘러메고 다녔지만 나는 운동화에 가죽 가방을 메고 다녔다. 사탕, 엿, 떡, 홍시 같은 간식도 내가 우선이었다. 그럴 때면 아래 두 누이는 칭얼거리고, 위 두 누이는 노골적으로 투덜거렸다.

"창호만 사람 입이고, 우리 입은 주둥이인가?"

어머니는 딸들의 등짝을 후려치며 야단을 쳤지만, 왠지 내가 볼기짝을 얻어맞는 기분이었다. 할머니는 간절히 바라던 손자를 제 몸보다 더 아끼고 보살폈다. 손자에 대한 할머니의 사랑이 극진해질수록 생모 아닌 어머니와 누이들의 시샘과 미움은 커져만 갔다. 나는 할머니의 비호 아래 좋은 것, 맛있는 것, 편한 것은 모두 독차지했다. 반면 어머니와 누이들은 상대적인 박탈감으로 할머니와 나를 경계하고 질시했다.

나보다 두 살 위인 넷째 누이 창순이는 성깔이 대단했다. 할머니의 역성과 어머니의 눈치에도 아랑곳하지 않고 나를 휘어잡으려고 닦달을 했다. 그러다 보니 티격태격 몸싸움이 일어나고 할머니의 편파적인 역성으로 뒹굴면서 통곡을 하는 것은 창순이 누이였다.

"누굴 닮아가지고. 계집년이 저렇게 드세 어디다 써먹을꼬."

이웃 마을에 사는 고모는 할머니를 빼닮은 손녀가 창순이라고 했다. 누이는 매번 나와 싸우고 울다가 끝마무리는 나를 째려보며 첩년의 새끼라고 욕을 했다. 그래도 창순이 누나는 내가 밖에서 첩년 자식이라는 수모를 당할 때면 벼슬을 곤두세운 쌈닭이 되어 나를 지켜 주었다.

나는 누이에게서 첩년의 자식이라는 욕을 듣기 전부터 내 출생의 비밀을 눈치채고 있었다. 유아기를 벗어나면서 내가 처해 있는 상황을 인식하게 되었다. 나로 인해 벌어지는 갈등과 알력을 알아채어 예민하고 수줍은 소년으로 자라갔다. 할머니의 편애도, 어머니와 누이들의 싸늘한 시선도, 아버지의 무심함도 첩의 자식이라는 것도 모두 내 탓이라는 생각이 들었다. 이런 그릇된 자의식으로 인해 나는 수치심과 열등감으로 뒤엉킨 우울한 사춘기를 보냈다.

나의 이런 삼각관계는 할머니가 돌아가시고, 내가 학교 진학으로 집을 떠나게 되자 겉으로는 와해되고 재조정되었다. 아버지가 삼각형 ABC의 맨 위 꼭짓점 A의 자리로 복귀하게 되었다. 나는 고향 집을 떠나 소도시 고등학교에 입학했다. 가정이라는 삼각 구도에서 해방된 홀가분한 심정으로 고향을 떠났다. 애증으로 얽힌 완고한 삼각 틀에서 벗어나 자유롭게 훨훨 날아갈 수 있을 것 같았다. 핏줄로 엉킨 사랑도 미움도 연민도 모두 털어 버리고 혼자 자유롭게 살고 싶었다.

나는 고향의 삼각관계에서 벗어나 새롭게 출발했다. 수치심과 열등감으로 우울했던 사춘기에서 빠져나왔다. 낯설었던 도시의 번잡한 풍경에 익숙해질 무렵 친구가 생겼다. 그동안 친구 없이 외톨이로 지냈다는 말은 아니다. 남들처럼 고향 친구부터 중학교, 고등학교 2학년이 되기까지 이런저런 친구들이 있었다. 그러나 고등학교 2학년 때부터 친해지기 시작한 김영대는 여태까지 사귄 친구들과는 사정이 달랐다.

내가 영대와 본격적으로 친해지기 시작한 계기는 그가 내 하숙집으로 옮겨 오고부터였다. 내 옆방에 하숙하던 대학생이 군에 입대하자 교대하듯이 옮겨 왔다. 그는 학급에서 눈에 띄지 않는 학생이었다. 지극히 평범한 보통 소년이었다. 학업 성적도 체격도 성품도 딱 중간인, 눈에 띄는 구석이라고는 찾아볼 수 없는 그런 소년이었다.

같은 집에서 하숙하면서 아침과 저녁 식사는 함께해도, 등하교는 따로일 정도로 둘 사이는 서먹했었다.

둘이 결정적으로 친해지기 시작한 것은 함께 성당을 나가기 시작한 후부터였다. 원래 나는 종교와는 거리가 멀었다. 나는 무신론자였다. 어린 시절 호기심으로 크리스마스 즈음에 이웃 마을 교회에 몇 번 구경 삼아 가 본 적이 있었으나, 예수의 부활을 믿을 수는 없었다. 어릴 때 몇 번 교회를 기웃거리며 들은 성경 이야기 때문에 일찍이 무신론자가 되었다고 할 수 있었다. 그런 내가 성당에 다니기 시작한 계기를 마련해 준 이가 바로 영대였다.

내 하숙방에서 삼십여 미터 맞은편에 이층집이 있었다. 근처의 고만고만한 집보다 크고 번듯해서 눈에 띄는 집이었다. 나는 언제부턴가 하숙방 창문으로 보이는 그 집 대문을 자주 훔쳐보았다. 특히 아침 등교 시간에는 그 집 대문에 눈길을 고정하고 서 있었다. 별 보기를 좋아하는 사람들이 옥상에 천체망원경을 고정해 놓은 것처럼. 그 집 대문을 열고 나오는 여학생을 보기 위해서였다.

여학생이 대문을 열고 걸어오는 시간은 십 초 미만이었다. 대문을 나와 이십 미터 정도 걸어오다가 직각으로 꺾이는 골목으로 사라지기 때문이었다. 그 감질나는 짧은 시간도 마침 떠오르는 아침 햇빛으로 눈이 부셔 손을 이마에 대고 빛을 가려야 했다. 그녀는 빛을 이끌고 걸어 오다가 사라졌다. 그녀는 빛의 베일에 싸인 요정처럼 눈 부신 존재였다. 나는 두근대는 가슴으로 그녀의 모습을 보며 하루를 시작했다. 그렇게 반년이 지났다.

2학기로 접어들면서 영대와 급격히 친밀해졌다. 내가 먼저 다가갔던 것이다. 영대가 나의 햇살 소녀와 같은 성당에 다니고 있다는 것을 알게 되었기 때문이었다. 내가 그녀를 좋아한다는 것을 영대가 눈치채지 못하게 조심하면서 그녀에 대한 신상 정보를 알아냈다. 영대는 그녀에 대해 너무 많은 것을 알고 있었다. 학년 반 번호까지 알고 있었다. 그녀의 아버지 직업은 물론 이름까지 알고 있었다.

2학년 3반 25번 신선희. 키 159cm, 혈액형 A, 좋아하는 음식 과일, 좋아하는 색깔 초록, 취미는 성경 읽기, 특기는 성경 펜글씨 필사 등이었다. 거기다가 가족 상황까지 줄줄이 꿰고 있었다. 아버지는 대학교수였고, 그녀는 이녀 일남의 맏딸이었다. 나는 어안이 벙벙했다. 한편으로는 영대가 그녀에 대해 이렇게 많이 알고 있으면서 최소한 일주일에 한두 번은 그녀를 만날 수 있다는 사실에

끓어오르는 질투를 어쩌지 못해 입술을 씹었다.

"너 이 새끼, 스토커냐? 다 꾸며낸 거짓말 아냐? 아니면 걔 좋아하냐?"

나는 정신없이 볼멘소리로 다그쳐 물었다. 영대는 내 격한 반응에 놀란 듯이 눈을 커다랗게 뜨고 한참을 웃었다.

"너 정말 웃긴다. 너야말로 걔 진짜로 좋아하고 있네. 한 성당에 오래 다니다 보면 그 정도는 다 알게 돼. 그 여자애에 대해 더 알고 싶으면 나하고 같이 성당에 가든가."

나는 결국 성탄절과 겨울 방학을 앞둔 어느 겨울날 영대와 함께 성당에 갔다. 어린 시절 성탄절을 앞두고 교회에 간 것은 맛있는 것을 얻어먹을 수 있다는 꼬임 때문이었다면, 이번에 성당에 간 것은 순전히 신선희를 보고 싶은 마음 때문이었다. 그녀를 좀 더 가까이 확실하게 보고 싶었다. 눈부신 햇살이 아닌 실체를 보고 싶었다. 줄리엣을 만나러 축제의 무도회장으로 들어가는 로미오가 된 기분이었다.

성당은 시골의 교회와는 달랐다. 높고 넓은 공간, 천장과 벽의 그림들. 특히 모자이크 창으로 비쳐 드는 햇빛이 인상적이었다. 나는 영대를 따라 조심스레 처음으로 낯선 신전에 들어서는 기분으로 성당을 둘러보았다. 천장이 높은 탓인지 소리가 울려 나왔다. 교회의 녹사와는 다른 복장과 목소리로 미사를 집전하는 분위기에 자꾸만 목이 움츠러들었다. 고향에서 차례나 제사를 지내던 것과 비슷한 느낌이 들었다. 향을 피워 올리고, 술잔을 올리고, 절하기를 반복하던 유교 의식과 다를 바가 없었다. 경을 읽던 무당의 소리처럼 무언가 불러오는 울림도 비슷했다.

나는 신선희를 찾기 위해 두리번거렸으나 찾을 수 없었다. 여신도들은 대부분 흰 미사포를 쓰고 있어 뒷모습으로는 누구인지 구별하기 힘들었다. 미사가 끝나자 영대가 내 옆구리를 찔렀다. 가운데 통로로 신선희가 걸어 나오고 있었다. 그녀는 무심한 듯 꼿꼿한 자세로 내 곁을 스쳐 지나갔다. 순간 환하고 투명한 빛과 함께 옅은 꽃향기가 스쳐 지나간 것 같은 느낌이었다. 내 머리와 가슴속에서 작은 번개와 천둥이 지나간 것 같은 충격이었다. 그 후로 나는 성당의 신도가 되었다.

나는 주말 중고등부 미사는 물론 교리 공부 시간에도 참여하는 열성 신도가 되어 갔다. 물론 가짜였다. 순전히 신선희를 보러 갈 뿐이었다. 신선희는 음영이 짙은 성당 어디에서나 빛과 같은 존재였다. 언제 보아도 고요하게 앉아 있는 어깨 위로 아치형 창의 모자이크를 통해 비쳐 드는 햇살이 고즈넉하게 얹히고 있었다.

영대와 나는 자주 한 이불 속에서 시시덕대며 신선희를 얘기했다. 어느 날은 내 방에서, 어느 날은 영대 방에서 신선희를 찬양하고 연모했다. 우리 둘은 신선희를 정신적으로 공유했다. 나와 영대는 신선희라는 꼭짓점 A에서 내려온 수직 이등분선의 밑변 BC였다. 나와 영대의 밑변 BC의 길이에 따라 신선희라는 꼭짓점 A의 위치는 오르내렸다. 나와 영대의 거리는 신앙과 신선희에 대한 애정의 차이였다. 영대가 기본적인 믿음을 갖춘 신도였다면 나는 가짜였다. 영대는 신선희에 대한 자신의 사랑이 플라토닉 러브라고 주장했다. 반면 나는 그런 영대를 위선자라고 몰아붙였다. 아마도 우리는 그냥 신선희라는 단아한 존재를 욕망 없이 바라보고 싶은 수준이었을 것이다. 그래도 우리는 몇 번이나 치고받으며 싸웠다.

"넌 사탄이야. 선희의 지고지순한 영혼을 더럽히지 말라고."

"새꺄, 너야말로 위선자야. 너도 여자인 신선희를 좋아하는 거잖아."

나와 영대는 욕하고 싸우면서도 우정에는 변함이 없었다. 신선희를 차지하기 위해 싸우는 것이 아니라, 신선희를 함께 숭배한다는 동지애 같은 것이 더 컸기 때문이었을 것이다. 신선희는 성녀와 요녀 사이를 오가며 나와 영대의 싸움거리가 되었지만, 정작 본인은 우리 둘에게 눈길조차 주지 않았다. 범접할 수 없는 경건하고 정결한 성녀 같은 모습이었다. 나와 영대는 우리뿐 아니라 다른 누구도 그녀의 연인이 될 수 없다는 것을 알고 있었을 것이다. 그래서 차라리 편안한 마음으로 그녀를 연모했는지도 모른다.

나와 영대, 신선희의 우정과 애정의 삼각관계는 고교 졸업 후에도 이어졌다. 나는 소도시를 떠나 대도시의 대학에 입학했고, 영대와 신선희는 그곳의 대학에 입학했다. 우리들의 삼각관계가 희미해져 완전히 허물어진 것은 신선희가 대학을 중퇴하고 수녀가 되기 위해 수도원으로 들어가고부터였다. 신선희라는 꼭짓점이 사라진 것이다.

나는 그제야 우리들의 삼각관계를 잘못 이해하고 있었다는 것을 깨달았다. 밑변의 꼭짓점 B 자리에 나와 영대, 꼭짓점 C의 자리에 신이 있던 것이었다. 나와 영대가 신선희를 좋아했고, 신선희는 예수를 사랑했다. 나와 영대는 헛물을 켠, 닭 쫓던 개 지붕 쳐다보는 꼴이 되고 말았다. 신선희는 '좁은 문'의 여주인공처럼 속세를 버리고 신앙에 자신을 바쳤다.

입대하고 첫 휴가를 나온 나는 영대를 만나 신선희의 근황을 들었다. 우리는 술에 기갈 들린 것처럼 마셔대면서 신선희를 안주로 씹었다.

"새꺄, 내가 신선희 잘 돌보라고 그렇게 일렀건만, 넌 뭐 한 거야."

"걔는 원래부터 그런 싹수가 보였어. 선희는 우리하고는 다른 영혼을 지닌 애였다고."

나는 영대의 그 말을 인정했다. 나는 신이나 영혼의 존재를 믿지 않았지만, 신선희의 신앙을 의심해 본 적이 없었다. 어느 날 색유리를 통해 들어오는 성당의 음영 속에서 고요한 자세로 십자가에 매달린 예수상을 바라보던 신선희의 모습이 떠올랐다. 뒷모습이었지만 그녀의 자태가 만들어내는 간절한 모습은 잊을 수가 없었다. 경건하고 정결한 신앙인의 모습을 넘어 고뇌하는 여인으로서의 모습을 본 듯한 느낌이 들었다. 그때의 느낌으로 신선희는 내게 아득히 먼 별처럼 높고 멀게 느껴졌었다.

신선희로 인해 맺어진 나와 영대의 우정은 신선희라

는 꼭짓점이 사라진 뒤에도 변함없이 이어졌다. 오히려 동병상련의 기억까지 더해 끈끈한 우정으로 발전해 갔다. 나는 대학에 입학하면서 성당에 발길을 끊었지만 영대는 꾸준히 성당에 나가고 있었다. 그곳 성당에 가면 신선희를 느낄 수 있다고 했다. 그 후로 신선희는 수녀복의 회색빛 기억처럼 흐려져 갔다.

제대하고 복학하자 군에 입대하기 전과는 다른 모습으로 여자들이 보이기 시작했다. 신선희를 바라보던 것과는 다른 에로틱한 상상으로 여자의 몸을 바라보기 시작했다. 교복 속에 가려져 있던 청순했던 신선희 대신 발랄하고 관능적인 여자들이 거리에 넘쳐나고 있었다. 그때부터 지금까지 경험하지 못했던 삼각형이 나타났다. 그것은 혈연, 우정, 사랑으로 맺어진 관계가 아닌 나의 내면에서 생겨났다. 새로 생겼다기보다는 잠겨서 보이지 않던 것이 수면 위로 떠 오른 것이다. 꼭짓점 A에 내가 자리 잡고 있다면, 이성과 욕망이 꼭짓점 B와 C라는 밑변을 차지하는 구도였다. 얼핏 보면 프로이트의 정신 분석 구조와 비슷했다. 시도 때도 없이 찾아드는 여자에 대한 욕망을 이성으로 다스리려 했지만, 그것은 욕망을 해결한 뒤에 오는 죄의식일 뿐이었다. 나는 점점 이성보다는 욕망에 충실한 남자가 되어 가고 있었다. 친구들과 어울려 사창가를 찾고, 술 마시고 거리를 방황했다. 이성은 번번이 나를 배신했다. 나는 욕망의 포로가 되어 방황하다가 뒤늦게 이성에 기대어 반성하고 자책하기를 반복했다.

나는 나이에 비해 미숙하고 어리석었던 그 시절을 암흑기로 여겼다. 지금 생각해 보면 황금기였는데, 그때는 그랬다. 두 번이나 실연했기 때문이었다. 두 여자 모두 이름이 촌스럽고 돌림자가 같았다. 최경자와 이경숙이였다. 최경자는 관능미가 넘치는 여자였다. 성격도 시원시원하고 활달했다. 노래도 잘하고 춤도 잘 췄다. 나와 그녀는 같이 잘 기회가 많았다. 노골적으로 그녀가 원한 적도 있었다. 그러나 나는 우물쭈물했다. 지금 생각해 보아도 이해가 되지 않는다. 이성과 욕망 사이에서 갈등이 생겼기 때문에 망설인 것도 아닌 것 같은데. 여하튼 남자다운 야성이 부족하다고 느꼈기 때문이었는지 몰라도 그녀는 나를 떠나갔다.

그다음으로 만난 여자가 이경숙이었다. 이경숙은 최경자와는 달리 조신하고 현숙한 여자였다. 옷매무새도 몸가짐도 나무랄 데 없는 숙녀였다. 나는 드디어 내가 찾던 여자를 찾았다고 쾌재를 불렀다. 그러나 그녀는 극장 안에서 손잡는 것은 허락해도 그 이상은 용납하지 않았다. 키스도 포옹도 거부했다. 나는 이경숙의 그런 몸짓을 나에게 정념을 불러일으키기 위한 교태라고 짐작했다. 최경자를 놓치듯 우물쭈물해서는 안 된다는 생각이 들었다.

기회는 생각보다 일찍 찾아왔다. 벚꽃이 흐드러지게 피어나던 봄밤에 이경숙을 여관으로 끌어들일 수 있었다. 여자가 남자를 따라 여관에 들어오면 몸을 허락한 것이나 마찬가지 아닌가. 그러나 그날이 그녀와의 마지막 밤이 되고 말았다. 야수처럼 달려드는 나를 피해 달아난 이경숙은 절교를 선언하고 내게서 떠나갔다.

지금 생각해 보면 둘 다 괜찮은 여자들이었는데, 다 놓치고 말았다. 세월이 흐른 지금 내 실연의 본질은 프로이트식의 삼각관계 때문이었다고 할 수 있었다. 욕망과 이성의 틈바구니에서 갈피를 잡지 못하다가 아까운 여자들을 놓쳤다고 단정해 버렸다. 지금은 핑계처럼 다 내 미숙하고 어리석었던 삼각관계의 덫에 걸렸던 것이라고 치부하고 있다.

내가 프로이트형의 삼각관계에서 벗어난 것은 대학을 졸업하고 취직을 하고 난 후였다. 나는 대학을 졸업하고 중소기업에 입사했다. 그리고 직장 동료의 소개로 만난 여자와 서두르듯 결혼했다. 방황하던 청춘의 늪에서 빨리 빠져나오고 싶었을 것이다. 아내는 신선희와 비슷한 느낌이 나는 여자였다. 조용하고 말수가 적었다. 신선희와 분위기가 비슷하다는 것만으로 이것저것 따지지 않고 쉽게 결정했을지도 모른다는 생각이 들곤 했다. 그러나 신선희가 빛이었다면 아내는 그림자 같은 여자였다. 신선희가 신비로운 대상이었다면 아내는 깡그리 다 보이는 실체였다. 결혼 몇 개월이 지나자 결혼 생활이 답답하고 지루해지기 시작했다. 부부라는 두 점으로 이어진 선분 같은 생활은 너무 단조롭고 밋밋했다. 연애 감정도 없이 서둘러 결혼한 것이 후회되었다.

퇴근해도 집에 일찍 들어가기보다는 밖에서 시간을 보냈다. 술 마시고 당구 치고 또 술을 마셨다. 자정이 훨씬 넘어 집에 들어가면 아내는 잠에서 깬 졸린 눈에 짜증을 담고 문을 열어 주었다. 어쩔 수 없이 필요한 말도 단답식의 토막말이었고, 마주 보고 웃을 일도 없었다. 집 안엔 썰렁한 냉기가 감돌았다. 언제까지 이렇게 살 수는 없다는 위기감이 고조되었지만, 이혼은 쉬운 일이 아니었다. 아내가 임신했기 때문이었다. 아슬아슬한 위기의 세월 속에서 아내는 딸을 출산했다.

딸이 태어나고부터 집 안에 훈기가 돌았다. 젖 냄새와 하얀 기저귀에서 풍겨 오는 아기의 살 내음이 집 안을 채웠다. 아기 울음소리는 집 안에 고여 있던 우중충했던 정적을 밀어냈다. 처음으로 갓난애를 안았을 때 두 팔에 얹혀 오던 무게감은 가슴 떨리는 감격이었다. 딸이 우리를 알아보고 방긋거리기 시작하자 나와 아내의 일상 패턴이 달라지기 시작했다. 나와 아내는 겨우 단절되었던 소통의 창구를 찾았다. 딸의 출생은 위기의 구덩이에 내려진 구원의 밧줄이었다. 나는 딸이 보고 싶어 귀가 시간을 앞당기고, 아내는 집 안에 홀로 앉아 나를 기다리던 외로움에서 벗어났다. 울림이 없던 집에 딸이 나타나면 트라이앵글이 제소리를 냈다. 딸이라는 꼭짓점이 있어야만 소리가 나는 악기와 같았다. 딸은 촉매이자 나와 아내를 이어주는 밧줄을 매어 둔 말뚝이 되었다.

나는 어렴풋이 나의 새로운 삼각관계가 형성되고 있다는 것을 감지할 수 있었다. 나와 아내라는 밑변에 딸이라는 꼭짓점으로 구성된 삼각형이 형성되었다. 부부라는 선분 위에 생긴 꼭짓점으로 인해 세 개의 변으로 이루어진 삼각 구도가 자리를 잡아 가기 시작했다. 딸은 나와 아내를 잇는 점이 되어 위기에 몰렸던 부부 관계를 완화해 주는 역할을 하고 있었다. 우리는 자식이라는 꼭짓점 때문에 서로 마주 보고 웃을 수 있었다. 부부는 드디어 부모가 되어 자식과 가정을 이루고 그럭저럭 정삼각형 구도를 유지해 나갈 수 있었다.

딸이 어린 시절의 나처럼, 학창 시절의 신선희처럼, 불안한 삼각형 A의 꼭짓점에 자리해 있다는 것을 깨닫게 되기까지는 오랜 세월이 흐르지 않았다. 딸이 유치원에 입학할 무렵이었다. 나는 시간이 날 때면 딸을 데리고 아파트 놀이터에 갔다. 아내와 함께 가기도 했지만, 딸과 단둘이 간 날이 더 많았다. 그날은 아파트 정원의 라일락 향기가 달콤하게 풍겨 오던 일요일이었다. 딸은 단호하게 외출을 거부했다.

"왜 그래, 어디 아파?"

딸은 잔뜩 비틀린 입을 꼬고 나를 외면하고 있었다. 나는 웃음을 띠고 딸의 손을 잡으려 했지만, 딸은 내 손을 뿌리치며 돌아앉았다. 전에 없던 일이었다.

"아빠 미워."

이 또한 처음 듣는 말이었다. 어찌나 또렷하고 강력했던지 물 젖은 손수건으로 얼굴을 얻어맞은 기분이었다.

"아빠는 왜 나만 좋아하고, 엄마는 안 좋아해?"

내가 언제, 라고 대답하기도 전에 딸은 외쳤다.

"다 알아. 그리고 엄마 아빠 는 왜 맨날 나만 찾아?"

나는 그 순간 어린 시절 삼각관계의 기억이 떠올랐다. 어린 시절 내가 차지했던 아슬아슬한 꼭짓점 A의 위치에 딸이 있었다. 이제야 딸의 불안이 걱정되기 시작했다. 앞으로 딸이 감내해야 할 삼각관계 속의 역할이 안쓰러웠다. 나는 꼭짓점 A의 위치에서 꼭짓점 B의 위치로 바뀌었을 뿐인 가족 삼각관계 속에서 살아야 했다.

딸은 성장하면서 우리 가족이라는 삼각형의 꼭짓점으로 강력한 구심점이 되어 갔다. 딸은 아슬아슬하게 나와 아내라는 선분의 줄을 타야 했다. 어느 때는 밑에서 두 어른을 떠받치기 위해 불안한 역삼각형의 꼭짓점이 되기도 했다. 어느덧 우리 부부는 딸의 눈치를 보며 살아가는 처지가 되었다. 견고하고 안정적인 정삼각형을 이루고 모범적으로 살아가는 가정이 아니라, 때에 따라 모양이 변하는 불안한 삼각 구도의 가장으로 자괴감을 느끼며 살아야 했다. 때로는 미안하고 수치스럽기도 했다. 그래도 어쩔 수 없이 견디며 살아가는 수밖에 없었다. 가정이라는 삼각 구도를 와해시킬 수는 없었다.

직장에서는 또 다른 삼각관계가 기다리고 있었다. 직

장에는 항상 힘 있는 꼭짓점 A가 존재했다. 학교나 군대도 비슷했지만, 직장은 조금 달랐다. 학교나 군대는 상하가 뚜렷한 직각삼각형 모형이었다면, 직장은 승진이라는 변수가 있어서 조금 복잡한 구조였다. 학교나 군대는 꼭짓점에서 수직으로 내려와 밑변을 일방적으로 통제했다. 밑변은 정해진 기한에만 적용되는 시스템이었기 때문에 그 기간만 견디면 해결되었다. 그러나 직장은 달랐다. 수직으로 내려와 직각으로 꺾이는 밑변에 치열한 경쟁의 함수가 도사리고 있었다.

상사의 갑질과 질책에 시달리고, 동료는 물론 동종 기업들과의 경쟁과 알력에 전전긍긍해야 했다. 사회는 지극히 불완전하면서도 완고한 삼각 구도였다. 술집에서는 권력을 가진 자들을 욕하며 뭉쳤다가도 술이 깨면 언제 그랬냐는 듯 무심하게 일상으로 돌아왔다. 사회는 난해한 삼각함수였다. 삼각함수를 배우기 시작할 때부터 수학을 포기했던 나는 복잡한 삼각함수의 사회에서 난감했다.

내가 직장에서 난감한 삼각관계에 얽히게 된 것은 나의 직책 때문이었다. 회사에서 노무 관리 부서의 과장이 되자 주위 사람들의 반응은 엇갈렸다. 회사에 대해 잘 모르는 사람들은 알짜배기 핵심 부서의 과장으로 승진했다

ㄱ 축하해 주었다. 그러나 사정을 아는 동료들은 고개를 좌우로 흔들며 염려해 주었다. 내가 맡은 2과는 인사 관리가 아니라 노조 관리였기 때문이었다. 노동자의 복지, 후생과 원활한 노사 관계를 유지하기 위해 만들어진 팀이었다.

그때부터 나는 직각삼각형의 꼭짓점 B가 되어 양 꼭짓점으로부터 공격을 받아야 했다. 부장은 수시로 나를 불러들여 노조 관리가 시원찮다고 질책했고, 노조에서는 갖가지 요구와 시정 사항을 들이대며 내게 항의했다. 나는 위와 옆에서 밀어붙이는 힘에 밀릴 뿐, 나 혼자만의 힘으로 영향력을 발휘할 수 없었다. 사(使)라는 꼭짓점 A와 노(勞)라는 꼭짓점 C에서 밀어붙이는 힘으로 고정된 직각의 꼭짓점 B로서 참고 견뎌야 했다.

가족을 부양하기 위해 나는 무자비한 직각삼각형 관계를 받아들였다. 꼭짓점에서 내려오는 지시와 명령을 따라야 했다. 나와 함께 밑변을 이루는 노동자들의 압박도 수용해야 했다. 삼각형의 두 변의 합이 한 변의 길이보다 같거나 길어서는 안 되는 삼각형의 원리에 따라 서로 적정한 거리를 유지해야 했다. 나는 그들의 요구에 공감하고 마음으로는 그들을 지지해도 그들의 편에 설 수 없었다.

"황 과장, 당신은 도대체 어느 편이야? 일 똑 부러지게 하라고."

"황 과장, 똑바로 하십시오. 노조를 분열시키려는 비열한 행위를 멈추란 말입니다."

나는 머리를 쥐어뜯고 싶었다. 당장 사표를 던지고 싶었다. 그러나 그럴 용기가 없었다. 나는 가족이라는 삼각관계를 지키기 위해 직장이라는 삼각관계를 감수해야 했다.

나는 어느새 삼각관계라는 구도에 익숙해지고 있었다. 어느 때는 그것에서 벗어나기 위해, 어느 때는 그것에 순응하기 위한 삶의 연속이었다. 그러나 흐르는 세월은 뾰족한 삼각 꼭짓점을 무디게 눌러 각이 없는 두루뭉술한 모양으로 만들어 가고 있었다. 삼각형은 이리저리 얽혀 별 모양이 되고 별 모양은 또 얽히고설킨 그물 모형이 되었다. 성당의 모자이크 유리창처럼 다양한 도형과 색깔이 되었다. 나는 반듯한 삼각형 모형의 관계를 상실해 갔다. 아니면 삼각으로 이루어진 관계를 부정하고 잊고 싶었는지도 모른다. 그만큼 어수선하고 정신없이 살아왔다고 할 수 있었다.

나는 치열했던 삼각관계에서 벗어나 원만하고 둥근 원 속으로 침잠하여 실동 없이 편안하게 살 때가 되었다고 생각했다. 이제는 그럴 나이가 되었다고 여기고 있었다. 그런 내게 삼각 구도가 다시 필요하다는 것을 느끼게 된 것은 딸이 결혼하고부터였다. 딸이 결혼해서 독립하자, 부부라는 두 점이 중재자도 촉매도 없는 일방적인 선분으로만 존재하게 되었다. 참 막막했다. 나는 새로운 꼭짓점이 필요했다. 나는 새로운 꼭짓점을 찾아야 한다는 강박감에 시달리고 있었다. 텔레비전이 우리 부부의 꼭짓점이 될 수는 없었다.

나는 결단을 내렸다. 회사에 사표를 내고 귀향하기로 했다. 반대할 것 같던 아내가 의외로 선뜻 동의해 주었다. 다행히 고향에는 옛집과 텃밭이 남아 있었다. 낡은 집을 고치고, 텃밭을 정리하자 생각보다 아담한 전원주택이 되었다. 나와 아내는 텃밭을 가꾸고, 집에서 멀지 않은 강변을 산책하면서 우리 부부의 꼭짓점이었던 딸의 빈자리를 메워 나갈 수 있었다. 새로운 꼭짓점을 찾아야 한다는 강박감도 사라졌다. 고향과 자연이라는 꼭짓점은 도시에 찌들었던 얼룩을 깨끗하게 씻어 주었다.

어린 시절 삼각관계의 인물들은 사라지고 없지만, 할

머니와 내가 쓰던 안방과 어머니와 누이들이 쓰던 윗방, 맞은편의 아버지가 기거하던 건넌방이 아직도 삼각 구도로 남아 있었다. 앞마당과 텃밭이 내다보이는 대청에 앉으면 어린 시절 삼각관계가 그리워지곤 했다. 할머니의 기침 소리와 누이들의 속살거리는 소리가 정겨운 추억으로 아련하게 들려오는 것 같았다.

어느 봄날 나와 아내는 강가에 앉아 흘러가는 강물을 바라보았다. 마침 강 저편으로 해가 지고 있었다. 나는 아내의 손을 잡아 보았다. 오랜만에 잡아 본 아내의 손은 작고 따뜻했다. 나는 아내와 한 점이 되어 자연이 그려 주는 아름다운 도형의 한가운데 들어앉은 듯 편안했다. 햇빛을 받아 반짝이던 각진 빛줄기들이 강으로 스며들면서 은은한 땅거미가 내리고 있었다.

**해설**
# 시절로부터 기원한 삶의 표정

이병국(문학평론가)

　우리의 현재는 매끈한 안정과 거리가 멀며 늘 불안한
상태로 자리해 있다. 그 이유는 선형적 시간성으로 말미
암아 불투명한 미래를 앞당겨 사유할 수 없기 때문이다.
자신이 만든 자식들을 집어삼킨 크로노스처럼 정량적
이고 물리적인 시간은 제가 만든 모든 것을 집어삼켜 파
괴하고 소멸시킨다. 이러한 시간성 속에서 우리가 할 수
있는 일이라곤 아무것도 없다. 그저 부재한 과거를 전유
하여 현재를 살아갈 뿐이다. 그러나 시간의 위력 앞에서
좌절할 이유는 없다. 오히려 기억의 힘으로 과거를 복원
시켜 현재적 삶의 진실을 구축할 수 있으며 불안한 실존
을 위무할 수 있다. 물론 이와 같은 사후적 재구성은 낭
만화된 방식으로 일종의 향수를 불러일으키기도 하지만
시간의 운명 속에 매몰되지 않도록 존재를 일으키는 힘
이 되기도 한다. 어쩌면 그것은 우리의 삶이 토대로 삼고
있는 세계와 섣불리 화해하려 하는 자기기만으로부터
우리를 구원하는 기제인지도 모를 일이다.

　안종수의 소설은 기억을 통해 잃어버린 시간을 톺는

다. 이는 과거를 복원시켜 지금의 '나'의 기원을 재구(再構)하는 일이자 존재를 위무하는 한편, 시대가 강제한 폭력적 상황을 비판하는 기능을 수행한다. 그러면서 무엇이라 정확하게 지칭할 수 없는 어떤 감정에 휩싸여 상실을 내면화하는 데에 머무르는 것이 아니라 그 안에 흐르는 정동의 변화와 삶의 풍경을 눈여겨봄으로써 시간이 야기하는 그 모든 세밀한 차이를 길어 올린다. 존재의 고독과 쓸쓸함의 기원을 에둘러 재현하는 안종수의 소설들은 묘사 불가능한 감정을 그려내며 유년의 기억으로 우리를 이끄는 것이다. 그렇게 이끌려 시절을 거슬러 올라가면 우리는 개별적 구체성을 지닌 사건과 만나게 되며 개인의 사적 역사가 지닌 기억의 힘을 빌려 세대 단위의 역사적 변천사를 감각하고 일상의 변화가 어느 지점부터 현저하게 이루어졌는지를 어림짐작하게 된다. 그럼으로써 얼핏 무의미해 보일 수도 있는 주체의 개별 사건은 한국 사회의 근대화 과정에서 삶 일반의 파고로 밀려들어 특정한 경향성을 가시화하며 오늘날의 우리에게 위안을 준다.

알다시피 삶의 현장은 끝없는 역사적 변화 속에서 구축된다. 그 안에서 삶의 구체적인 풍경은 이념의 프레임과는 달리 낭만주의적 믿음으로 보존되며 내면에 축적된다. 그런 점에서 지극히 미시적인 경험의 층위에서 감각되는 추억은 매혹과 위험이라는 이중적 면모를 지닌다. 물리적인 시간의 흐름으로 말미암아 삶은 언제나 새로운 시대와 조우하며 매번 낯선 경험에 내몰려 자신의 위치를 의심하거나 불안에 휩싸이기도 한다. 추억은 낭만화된 방식으로 우리를 매혹하는 한편에서 매몰의 위험에 우리를 내몰기 때문이다. 그럴 때마다 우리는 시간의 총체적이고 전면적인 양상을 파악하기보다 특정한 시기에 천착하는 경향을 보인다. 이처럼 매혹은 과거가 현재에 침입하여 재현됨으로써 현재적 불행을 가시화하거나 유토피아적 시간의 가능성을 증거하며 구체적인 고통을 은폐할 위험을 지닌다. 아름다웠던 한때로서의 과거를 회상하는 일이 아름다운 시절로의 회귀를 통해 퇴행하려는 데에 그쳐서 안 되는 이유가 여기에 있다. 안종수의 소설들이 우리에게 위안이 되는 이유는 그러한 퇴행에의 욕망이 아닌 현재의 구체적인 고통과 고독을 재현하는 데 방점이 찍혀 있기 때문이다.

가설극장과 관련한 해프닝을 다룬 「로맨스 빠빠」를 보자. 1960년 1월에 개봉한 영화 '로맨스 빠빠'는 기실 안종수의 소설에서 중요한 기제로 작용하지는 않아 보인다. 영화의 주연인 김승호가 아시아영화제에서 남우주연상을 수상한 사실도 그저 가설극장에서 상영하는 영화를 홍보하는 수단일 따름이다. 그보다 "나의 유년 시절 한때를 추억하는 상징"이자 "너무 고요해서 권태가 흐르는 한낮"의 무료함을 달래 줄 사건이라는 데 구심점이 있다. "차령산맥 줄기에서 충청도 내륙 동쪽으로 뻗어 내려온 무성산 골짜기 중 하나"인 '정안골' 끝자락 '화봉리'에 살고 있는 '나'는 1960년대 초 시골 마을의 특성상 특별한 사건 없이 무료한 하루하루를 보낸다. 라디오조차 마을에 두 대뿐인 그곳에서 가설극장이 들어선다는 것은 어린아이인 '나'에게 분명 가슴 두근거리는 사건일 것이다. 그러나 아버지는 가설극장에 가는 것을 "죽어라구 열심히 일해서 한 푼이라도 애껴야 하는디. 꼭 흐쩔한 놈들이 괜히 들떠서 몰려다니면서 시시덕대구 앉아서 헛짓거리"하는 것으로 여긴다. 당시의 시대 상황, 즉 전후 한국사회의 근대화 과정을 고려하면 아버지의 저 말은 개인의 의견이라기보다는 당대가 공유하고 있는 정신적 가치에 해당한다. "눈부신 백열등으로 빛나야 할 가설극장이 그렇게 무참하게 박살 난 것"이 이러한 사회적 통념에 의한 외부적 폭력으로 말미암은 것은 아니겠지만 실현될 수 없는, 더 나아가 실재해서는 안 될 부정성으로 수렴된 바가 반영된 것은 분명할 것이다. 별것 아닌 것 같은 가설극장의 해프닝은 '나'에게 "열병을 앓고 난 후처럼 헛헛하고 멍"한 기분을 느끼게 한다. 한 시절을 건너는 성장

통이라고 할까. 그런 이유로 '나'는 몇 년 뒤 다시 가설극
장이 들어와 상영된 '모맨스 빠빠'에 "흥분하거나 환장하
지" 않는다. 물론 이때의 상영도 기계적 문제로 불발되고
만다. 불발된 상영, 볼 수 없는 영화는 과거 회상의 주체
인 현재의 '나'에게 지연된 형태로 이어진다. 완벽하게 영
화 전체를 관람하지 못하는 '나'에게 그것은 떠나온 고향
의 흔적이며 "너무 그립고 좋았"던 시간의 잔재로 남는
다.

　이러한 유년 시절에 대한 향수는 「별」에서도 고스
란히 이어진다. "형의 국어책"에 나오는 "알퐁스 도데의
'별'" 속 스테파네트 아가씨로 상상되는 "작은 가게 여자"
는 마치 닿을 수 없는 첫사랑의 기억으로 '나'에게 다가
온다. 온갖 소문 속에 추상화된 여자는 1960년대 근대화
과정에서 소외된 채로 존재한다. 어린아이의 시선에 담
긴 여자의 모습은 여자를 향한 애틋함에 기대 다소 몽환
적이지만 당대의 역사적 추이를 기억하는 우리에게 조
금은 통속적이고 조금은 사회비판적 자리를 차지한다.
이는 "처음부터 끝까지, 재건, 재건, 재건만 외쳐댄" "군사
혁명"의 시대가 기실 우리에게는 "책보자기가 너덜거리
는 거였고, 학교 운동장을 넓히는" 것에 다름 아닌 폐허
의 시대였음을 의미할 따름이다. 「로맨스 빠빠」에서 새
벽마다 이장 집 확성기를 타고 퍼지는 "'새마을 노래'와

'잘 살아 보세'라는 노래"가 소외된 존재의 양태를 외면하고 있다는 것을 은연중에 드러내는 것처럼 존재에 대한 예의를 찾아볼 길 없는 당시는 추억 속 낭만화된 "텅 빈 폐가일 뿐" 환대와 포용의 지속이 불가능한 장소로 의미화된다. 그런 이유로 안종수가 형상화한 과거의 한때는 낭만적 회귀의 퇴행이라기보다는 아름다운 기억의 이면에 존재하는 폭력적 시대의 흔적을 톺아보게 한다. 이러한 소설적 사유는 소설집을 관통하는 두 갈래 층위로 이어져 더욱 분명한 비판적 시선을 견지한다.

「소들은 어디로」와 「밥」은 과거와 현재의 분명한 대비를 통해 선형적 시간성에 기반한 사회적 변화를 비판적으로 드러낸다. 두 편의 소설은 현재와 대비되는 과거를 다시 두 개의 층위로 구분한다. 광우병 파동을 배면에 깔고 있는 「소들은 어디로」의 경우, 궁핍할지언정 헛된 욕망을 품지 않고 소규모로 소를 사육하는 우길 씨를 통해 농촌 근대화라는 명목으로 산업화를 강제하며 조화로운 삶을 앗아 가는 시대를 비판하고 있다. 전통적으로 소는 우직하고 건강한 삶을 살아가는 우리 민족을 상징했다. 이는 우리 삶의 뿌리가 자연 친화적인 데 있음을 보여 주며, 가축과 인간이 더불어 조화를 이루며 살아가는 삶의 방식과 맞닿아 있다. 그러나 '새마을 운동'이 가속화됨에 따라 자본주의적 가치가 우세하면서 소는 일상의 영역에서 상품의 영여으로 추방된다. 오로지 고기라는 상품으로 비육되는 소는 "현대식 축사에 대량으로" 생산될 따름이다. 일종의 수용소로 내몰린 존재가 된 소는 산업화, 자본화의 흐름에 따라 부의 축적을 위한 도구로 전락하고 만다. "넓은 풀밭에서 풀을 뜯고 논밭에서 일하고 외양간에서 잠자던 시절은 가고 없"다. 이는 '소'라는 특정 종에 제한된 것이라기보다는 자본주의 체제에 적합한 인간을 강제하는 전 지구적 착취의 메커니즘을 보여 준다.

또한 "동물성 사료"를 소에게 먹임으로써 소에게 소를 먹이는 행위를 촉발하는 것 역시 "빨리 살찌워서 팔"기 위한 산업화 전략이며 그에 적합한 방식으로만 존재를 구성하려는 세계의 폭력을 의미한다. 그런 점에서 우길 씨가 소를 키우며 살아가던 방식은 자본주의적 체계를 반성적으로 성찰할 계기가 된다. '소'와 같은 타자를 착취하지 않으면서 더불어 살 수 있는 시대의 낭만은 단순히 환상적 상상에 머무르지 않는다. 오히려 소규모 사육으로도 소를 착취하지 않으면서 궁핍한 생활에서 벗어나 부를 축적하기까지 한 우길 씨를 통해 그것이 실천 가능한 삶의 태도임을 분명히 한다. (최근의 포스트휴머니즘 논의나 동물 복지 운동 및 생추어리(sanctuary) 활동

등은 동물을 인간을 위해 희생되어야 할 존재가 아니라 지구에서 살아가는 공동체적 존재임을 분명히 하며 인간중심적 세계 인식을 다른 틀로 사유하도록 이끌고 있다.) 물론 "소 파동"과 광우병 소 수입 반대 집회의 양상이 "대통령 때문에 일어난 소동"이라고 하는 우길 씨의 발화는 그것이 비록 경험적 목소리를 통해 재현되는 것이라 할지라도 협소한 사회 인식이라는 점에서 아쉬움이 남는 것도 사실이다.

소를 키우는 것과 쌀농사를 짓는 것은 우리가 떠올리는 전통적 삶의 양태일 것이다. "밥에 대한 한과 집념"을 표출하는 어머니의 삶을 되짚어 보는 「밥」의 경우, 풍족한 현재와 대비되는 궁핍한 과거를 재현함으로써 오늘날의 우리에게 '생존'의 의미를 성찰케 한다. "하얀 쌀밥을 커다란 사발에 그득 담아 먹어 보는" 것을 꿈이라고 말해야만 했던 "어머니가 살아온 세월은 이 나라 역사의 격동기였다." 그러나 그 모든 시대적 갈등은 "먹고사는 것"조차 쉽지 않아 "생존"의 위협을 겪어야만 했던 어머니에게는 먼 얘기일 뿐이다. 일제 강점기나 전쟁, 민주화와 산업화는 '밥' 앞에서 중요한 사건이 될 수 없었다. '밥'은 어머니와 아버지 그리고 '나'에게 가장 갈급한 욕망이자 "인생의 전부"라고 할 수 있을 정도로 생존과 삶의 실재였던 셈이다. 소설 속에서 길게 묘사된 쌀농사 과정은 우리 민족이 영위하는 삶의 토대가 어디에 있는지를 분명하게 보여 준다.

그러나 '밥'이 삶의 목적이자 전부가 될 수 없다. 한국의 근대화 과정이 쌀농사를 지어 호구(糊口)를 가능케 한 것이 아닌 것처럼 그보다 더 나은 삶을 위해 '밥'과 '쌀'은 다른 무엇으로 교환되어야 한다. 궁핍한 시대를 살아낸 부모 세대가 품는 꿈은 단지 개인의 물질적 풍요에 머무르지 않는다. 먹고살 수 있는 기본적 토대가 마련된 이후에는 자신과는 다른 삶의 층위에서 자식이 살기를 바라는 데로 이어진다. "최소한 자신처럼 농부로 만들지 않겠다는" 부모 세대의 각오는 "목숨 같은 쌀을 내어 돈을 사" 자식을 가르쳐 출세할 수 있도록 이끄는 것이다. 「밥」의 화자인 '나'가 안정적인 삶을 영위할 수 있었던 이유, 그리고 자신의 가족을 건사하며 어머니를 모시고 살수 있었던 것은 궁핍한 시절을 살아온 부모 세대의 희생과 가르침이 있었기 때문이다.

생존의 욕망으로 점철된 부모의 과거는 "먹을 게 넘쳐나서 탈"인 '나'의 오늘을 만들었다. "더 맛있는 것을 먹기 위해, 더 건강한 음식을 먹기 위해" 난리법석이면서 "작은 공기에 그나마 반도 안 되게 밥을 먹는" 세대의 풍요를 "점입가경"이라며 말하지만 기실 이는 '나'의 어머니, 그리고 우리의 부모 세대가 욕망하던 삶이 아니었을까. 그러나 이 풍요를 향유하기에 부모의 시간은 충분치 않다. "밥이 안 넘어간다"는 어머니를 향해 "밥을 먹지 못한다는 건 목숨을 이어 가지 못한다는 것"임을 직감하고 "어머니가 밀어 둔 밥그릇을 가져와 김치를 얹어 허겁지겁 먹"는 '나'의 행위는 어머니가 돌아가시지 않길 바라는 소망이면서도 "밥에 대한 한과 집념"으로 상징되는 부모 세대의 숭고한 희생에 대한 존중과 감사의 표출이라 할 수 있을 것이다.

안종수가 지닌 과거와 전통을 향한 존중의 태도는 「어허 딸랑」의 영만 씨를 형상화하는 데에서 선명하게 드러난다. "요령 잡고 상여를 이끌면서 한 사람의 마지막 가는 길을 인도"하는 영만 씨는 전통적인 장례 의식이 사라져 가는 현실을 개탄한다. 이는 전통적 층위로 존재하는 과거의 의미를 성찰하는 작가의 목소리를 대변하고 있다고 보인다. 「어허 딸랑」의 서사적 얼개는 김 주사의 장례 과정과 마지막으로 요령을 잡는 영만 씨에게 집중하고 있다. 이 소설이 인상적인 것은 오일장의 풍경과 영만 씨가 마지막으로 수행하는 요령잡이에 담긴 전통을 수호하는 자부심이 사적 기억의 역사와 결부하여 적절하게 서사화되고 있다는 점이다. 오랜 시간 영만 씨의 실존적 근거가 되었던 요령잡이가 시대적 변화에 따라 그 역할을 다하고 물러나야만 하는 상황이 펼쳐진 것이다. 이는 영만 씨로 하여금 이 세계에서의 소임을 다한 상태에 처하게 하며 실로 죽음에 내몰리게 한다. 그러나 이 죽음은 과거로부터 이어져 온 전통을 삭제하고 단절시켜 영원한 상실로 귀결한다기보다는 "요령 잡고 상여를 이끌면서 한 사람의 마지막 가는 길을 인도"해 온 영만 씨의 '충만감'과 그러한 실존이 지닌 풍성함을 기록하고 기억하며 존중하는 방식으로 보존하는 것이라고 할 수 있다. 안종수의 소설은 잊혀 가는 시대에 대한 조밀한 사유의 편린과 흔적을 기록함으로써 그것이 사라진 무엇이 아닌 여전히 우리 삶의 존재론적 토대로 은연중에 배어나고 있음을 보여 준다.

「어허 딸랑」에서 형상화한 전통적 장례는 「이별의 뒤안길」에서 요양병원에 입원한 장모를 바라보며 한국인이 원하는 죽음의 형태를 성찰하는 태만 씨의 언술로 재확인된다. 그것은 "가족이 지켜보는 고향 집에서 품위 있게 임종을 맞고, 전통적인 상례에 따라 상여를 타고 선산에 묻히는 것, 수많은 만장을 앞세우고 고인을 배웅하는 자손을 비롯한 친척과 지인들이 줄줄이 장지까지 따라가" "양지바른 곳에 묻히"는 총체적 과정을 경유하는 것이다. "하지만 세상이 달라졌다." 이는 단지 코로나19로 인해 부득이하게 취하게 된 변화가 아니다. 자본주의적 이데올로기를 내면화한 오늘날의 실상으로서 "노인과 죽음 관련한 시설이나 시스템은 국민이면 누구나 거쳐야 하는 의무교육처럼 정례화"되어 죽음조차 외주화된 상황에 부닥치고 만 것이다. 이를 잘못이라거나 틀린 무언가로 간주하는 것은 현재를 단순화한 것에 불과하다. 죽음을 대하는 본원적 상태라는 것은 시대가 요구하는 문화적 추이에 따라 다를 수밖에 없다. 전통을 정상성의 층위에서 사유할 수는 없겠으나 적어도 "자신이 죽을 곳을 마음대로 선택할 여지가 없다"는 것은 안타까운 일임은 분명하다. 안종수가 형상화하는 현대적 죽음의 장소는 어쩌면 우리 삶의 실상을 드러내 주는 일종의 왜상(anamorphosis)이라 할 수 있다. 존중되지 않는 죽음이라는 측면에서 삶 역시 존중받지 못하는 상태를 당연한 것으로 간주해야 하는 일그러진 상황. 안종수가 소설을 통해 궁핍한 과거와 단절되어 가는 전통을 그려내며 시대 속 인물을 존중하는 태도를 보이는 것은 어쩌면 이러한 문제적 상황을 맥락화함으로써 오늘을 성찰케 하려는 의도인지도 모르겠다. 이는 앞에서 언급한 것처럼 기억의 힘으로 과거를 복원시키고 현재적 삶의 진실을 구축하여 불안한 실존을 위무하는 수행이라 할 수 있겠다.

이러한 위무는 「안개 속으로」에서처럼 섬 아가씨와 젊은 선생의 사랑에 깃든 "가혹한 시절"의 비극을 재현하는 한편 국가 폭력에 의해 파괴된 상태에 좌절하기보다 "여전히 삶의 끈을 놓지 않고" 부정적 현실로부터 탈주하고자 하는 의지와 행위로 연결되기도 한다. 여자의 탈주를 단순히 남자를 향한 그리움의 발로로 보는 것은 여자를 둘러싼 세계의 폭력성을 단편적으로 파악할 위험이 있다. 자욱한 안개로 "섬 전체의 생활 리듬이 깨지거나 정지"된 것처럼 외부적 조건으로 인해 오랜 시간 삶을 정지해야만 했던 여자가 삶을 이어 가기 위해서 필요한 것은 남자를 향해 섬을 탈주하는 것이 아니라 오랫동안 억압의 기제로 작동했던 안개 속으로 뛰어들어 가 그 공간을 벗어나는 것이었을 테다. 더는 안개와 외부의 폭력으로부터 자신을 상실하지 않는 세계로의 탈주. 그럼으로써 다른 삶의 가능성을 모색할 수 있다는 위무의 정동을 얻게 되는 것이 아닐까.

그럼에도 불구하고 가부장적 세계의 삼각 구도는 공고하여 존재로 하여금 규정된 틀을 벗어나지 못하도록 강제한다. 「삼각관계」에서 안종수가 성찰하고 있듯이 삼각 구도가 지닌 단순함과 견고함은 마주한 대상의 반복되는 관계망 속에서 존재의 불안이 지속될 것임을 상기시킨다. 가족이나 사회든, 혹은 사랑의 대상과 맺는 관계이든 그 접촉면은 결국 날카로운 꼭짓점의 긴장이 되어 "그것에 순응하기 위한 삶의 연속"이 되도록 우리를 강요

한다. 우리는 그저 "뾰족한 삼각 꼭짓점을 무디게 눌러 각이 없는 두루뭉술한 모양으로 만들어 가"기 위해 세월을 흘려보내며 정신없이 살아가는 것인지도 모른다. 그러다 결국 "한 점이 되어" 세계 안에 들어앉아 존재의 고독과 쓸쓸함을 수용하면서도 그것을 현실적인 비애나 씁쓸한 회한으로 여기지 않는 맑은 정념으로 전유할 수 있기를 바랄 뿐이다.

안종수의 첫 소설집을 통해 조감하는 시대의 풍경이 불가피하게 변화하는 크로노스적인 시간의 흐름 속에서 궁핍과 상실, 단절과 갈등을 감내하는 인물들과 그들이 평생 안고 가야 하는 정념에 닿아 있다는 것은 분명하다. 이는 시대의 흔적을 톺아 사유하는 존재의 기억과 연결되며 그로부터 과거와 현재가 서로를 향한 지향성에 기반을 두고 집중하는 서사적 감수성으로 확인할 수 있다. 역사적 변천이 개별적 삶의 구체성으로 밀려드는 사건을 포착하는 감수성이야말로 안종수의 소설이 지닌 이야기의 힘인 셈이다. 고통스러웠지만 아름다웠던 한때, 그리고 그로부터 도달한 현재가 비록 아쉽고 불안한 상태일지라도 그것을 비판할 수는 있을지언정 부정할 이유는 없을 것이다. 안종수의 소설들은 과거와 현재를 잇는 시간의 결을 촘촘하게 교직함으로써 독자에게 지금은 경험

할 수 없는 시절의 경이를 성찰케 하며 그로부터 오늘의 자신을 돌보게 이끈다. '나'라는 존재의 기원을 기억하고 과거로부터 연유한 삶의 심원한 표정과 마주함으로써 자신을 다독이는 일, 안종수는 그것이야말로 진정한 삶의 실상이라고 말하는 것은 아닐까. 마주한 삶의 표정 앞에서 우리가 어떤 마음을 품게 될지 알 수는 없겠지만 천천히 들여다보면서 읽어낼 우리의 시절은 분명 지금의 우리를 위무할 것이다.

# 작가의 말

별걸 다 기억하는 사람들은 별걸 다 기록하기도 한다.
별걸 다 기억하고 별걸 다 기록하는 사람을 별종이라고
한다면, 그들이 곧 예술가가 아닐까. 기억은 내가 살아 있
다는 증거거나 살아온 역사다.

이 책에 실린 작품들은 내 유년기에서 노년에 이르는
기억의 산출물이다. 다시 말해 내 인생의 증표이자 내 인
생 어느 구간의 궤적이랄 수 있다. 그러나 사람의 기억은
컴퓨터의 기억장치와는 달라서 희미해지기도 하고 왜곡
되거나 미화되기도 한다. 신화와 전설도 세월이 흐르면서
변모하듯 기억도 마찬가지다. 왜곡되고 미화되는 기억의
틈새에 사람과 세상에 대한 통찰과 감성을 끼워 넣어 새
로운 이야기를 꾸며내는 것도 소설이라 할 수 있지 않을
까.

누군가는 이 소설을 읽고 구닥다리라고 해도 나는 수
긍할 것이다. 눈이 핑핑 돌고 정신이 어질어질할 정도로
변해 가는 시대에서 먼지 가득한 벽장 속에 처박혀 있던
오래된 사진첩을 꺼내 보는 기분이 들지도 모른다. 그러나
누군가에게는 민속박물관에서나 볼 수 있는 오래된 물
건처럼, 이 이야기가 잃어버린 기억을 되살리는 실마리가

될 수도 있다는 희망을 놓지 않고 싶다.

구슬이 서 말이라도 꿰어야 보배라 했다. 이제야 나만의 구슬을 꿰어 뭔가를 완성한 기분이다. 그렇다고 이 구슬이 진주나 옥구슬이라는 것은 아니다. 흔해 빠진 유리나 나무 구슬일 수도 있다. 꿰어서 완성한 것이 기품 있고 비싼 목걸이가 아니라도 좋다. 소박하고 단순하지만 작은 소원이라도 빌 수 있는 염주나 묵주이기를 바랄 뿐이다.

하늘의 별을 보고 내 별을 찾듯, 별만큼 많은 책 중에서 내 책을 찾아볼 수도 있다는 가능성에 기쁘면서도, 흡족하지 못한 작품들을 내보이는 것이 부끄럽다. 그러나 이 책을 내기 위해 도와주신 분들이 있기에 겸허하게 기원을 담아 염주나 묵주를 받쳐 드는 마음으로 두 손 모아 받아 들고 싶다.

책을 출간해 준 도서출판 걷는사람, 추천사와 해설을 써 주신 이시백 작가님과 이병국 평론가에게 감사드린다. 끝으로 이 책이 나오기를 고대해 준 가족과 형제자매, 지인들에게 활짝 웃어 보이고 싶다. 또한 이야기의 모태가 되어 준 돌아가신 부모님과 이 책의 산파 역할을 해 준 작가이자 매제인 최해성에게 고맙다는 말을 전한다.


2023년 아카시아 향기 날리는 오월에
안종수

## 결국 로맨스 빠빠를 못 봤다

2023년 6월 30일 초판 1쇄 펴냄

| | |
|---|---|
| **지은이** | 안종수 |
| **펴낸이** | 김성규 |
| **편집** | 김안녕 한도연 |
| **디자인** | 신아영 |
| **펴낸곳** | 걷는사람 |
| **주소** | 서울 마포구 월드컵로16길 51 서교자이빌 304호 |
| **전화** | 02 323 2602 |
| **팩스** | 02 323 2603 |
| **등록** | 2016년 11월 18일 제25100-2016-000083호 |

**ISBN**   979-11-92333-89-2 03810